FOLIO JUNIOR

COLLECTION DIRIGÉE PAR JEAN-PHILIPPE ARROU-VIGNOD

Pour en savoir plus :
http://www.cercle-enseignement.fr

© Éditions Gallimard Jeunesse, 2012

Ali Baba
et les quarante voleurs

Illustrations de Christophe Blain

Adapté et raconté par Marie-Ange Spire
d'après la traduction d'Antoine Galland

Carnet de lecture
par Marie-Ange Spire

GALLIMARD JEUNESSE

1
« Sésame, ouvre-toi ! »

Aux confins du royaume, dans une ville de Perse, vivaient deux frères, Cassim et Ali Baba. À la mort de leur vieux père, ils se partagèrent leur maigre héritage. Leur fortune aurait dû être égale : le hasard en décida autrement...

Cassim épousa une femme qui, peu de temps après leur mariage, hérita d'une boutique bien garnie, d'un magasin rempli de diverses marchandises qui améliorèrent rapidement sa situation. Il devint l'un des marchands les plus fortunés de la ville. Ali Baba, au contraire, qui s'était marié à une femme aussi pauvre que lui, était logé fort modestement. Pour gagner sa vie et entretenir sa famille, il était obligé d'aller couper du bois dans une forêt voisine. Il le chargeait sur les trois ânes qu'il possédait pour le vendre en ville.

Un jour, dans la forêt, le bûcheron achevait d'arranger les fagots sur ses bêtes, lorsqu'il aperçut un énorme nuage de poussière qui s'élevait et avançait tout droit du côté où il se tenait. Il regarda attentivement et distingua une troupe nombreuse de cavaliers qui avançaient bon train.

Même si personne n'avait jamais croisé de voleurs dans le pays, Ali Baba pensa que ces individus pouvaient en être. Sans considérer ce que deviendraient ses ânes, il songea à se protéger. Il monta sur un gros arbre, dont les branches, à mi-hauteur, se ramifiaient, si près les unes des autres qu'elles n'étaient séparées que par un très petit espace. Il se posta au milieu, avec d'autant plus d'assurance qu'il pouvait voir sans être vu. Isolé de tous les côtés, l'arbre s'élevait au pied d'un rocher imposant si difficile à escalader que personne ne s'y serait risqué.

Les cavaliers, grands, puissants, tous bien montés et bien armés, arrivèrent près du rocher, où ils posèrent pied à terre. Ali Baba en compta quarante. À leur mine et à leur équipement, il pensa que ces hommes étaient malhonnêtes. Il ne se trompait pas. En effet, c'étaient des bandits, qui, sans faire aucun tort dans les environs, allaient exercer leurs brigandages très loin. Ils avaient là leur rendez-vous ; et ce qu'ils firent confirma son opinion.

Chaque cavalier débrida son cheval, l'attacha, lui passa au cou un sac plein d'orge. Chacun se chargea d'une grosse malle. Voyant ces hommes

courbés par le poids de leur fardeau, Ali Baba se demanda ce qu'ils pouvaient bien transporter ainsi.

Il remarqua immédiatement le capitaine des voleurs. Chargé comme les autres, ce dernier s'approcha du rocher, fort près du gros arbre où le bûcheron s'était réfugié. Après que le brigand se fut frayé un chemin au travers de quelques arbrisseaux, il s'arrêta et prononça ces paroles :

– Sésame, ouvre-toi.

Ali Baba les entendit très distinctement et, à sa grande surprise, constata qu'une porte creusée dans la roche pivotait. Une caverne apparut dans laquelle la troupe s'engouffra. Soudain, la porte claqua derrière le chef qui fermait la marche.

Un étrange silence envahit la forêt. Les voleurs demeurèrent longtemps dans la grotte. Ali Baba fut contraint de rester sur l'arbre patiemment. En effet, il craignait d'être repéré si l'un d'entre eux ou si tous ensemble décidaient de sortir pendant qu'il quittait son poste pour se sauver. Il fut tenté néanmoins de descendre pour s'emparer de deux chevaux, en monter un, mener l'autre par la bride, et gagner au plus vite la ville en chassant ses trois ânes devant lui. Mais plongé dans l'incertitude, il prit le parti le plus sûr : attendre.

La porte pivota enfin, les quarante voleurs sortirent. Entré le dernier, le capitaine ouvrait cette fois la marche. Ali Baba redoutait d'être découvert. Il les vit défiler au pied de l'arbre. Il entendit le chef se retourner et prononcer ces paroles :

– Sésame, referme-toi.

Le pan de roche s'ébranla avant de retomber lourdement. Chacun s'approcha de son cheval, le brida, rattacha son sac et remonta dessus. Quand les cavaliers furent prêts, leur chef, à la tête du cortège, reprit avec eux le chemin par où ils étaient venus.

Prudent, le brave homme ne descendit pas de l'arbre. Il pensa : « Ils peuvent avoir oublié quelque chose qui les oblige à revenir, et je me trouverais attrapé si cela arrivait. » Il les suivit du regard jusqu'à ce qu'ils disparaissent à l'horizon.

Le bûcheron attendit longtemps avant de quitter sa cachette. Il voulait être sûr de ne pas les voir surgir à nouveau. Comme il avait retenu les paroles par lesquelles le capitaine des voleurs avait fait ouvrir et refermer la porte, il voulut essayer à son tour et constater si, prononcées par lui, elles feraient le même effet. Il passa au travers des arbrisseaux et aperçut la porte qu'ils cachaient. Face à elle, il dit :

– Sésame, ouvre-toi.

À l'instant même, le lourd panneau de roche s'ébranla.

Ali Baba se tenait immobile sur le seuil. Il s'était attendu à découvrir un lieu de ténèbres et d'obscurité, mais il fut surpris d'en trouver un bien éclairé, vaste et spacieux, creusé de main d'homme. Une voûte fort élevée recevait la lumière par une large ouverture. Il admira les provisions abondantes, les ballots de riches marchandises empilées, les étoffes de soie et de brocart[1], et les tapis de grand prix. Des sacs, des malles et des bourses de cuir remplies d'or et d'argent étaient entassés les uns sur les autres. Émerveillé devant tant de richesses il supposa que cette grotte avait dû servir de retraite à des voleurs qui s'étaient succédé les uns aux autres depuis des siècles.

Le pauvre bûcheron n'hésita pas une seconde : il pénétra dans la grotte. À peine à l'intérieur, il sursauta au bruit assourdissant que fit la porte en se refermant. Mais cela ne l'inquiéta pas : il connaissait le secret pour l'ouvrir. Il ne s'attacha pas aux pièces d'argent, mais aux pièces d'or, et particulièrement à celles qui étaient dans les sacs. Il en remplit ses poches, puis quelques paniers qu'il chargea sur ses trois ânes rassemblés par ses soins. Pour cacher son butin, il disposa du bois par-dessus, de manière qu'on ne pouvait l'aper-

---

1. Brocart : étoffe de soie brochée d'or ou d'argent.

cevoir. Quand il eut achevé son chargement, il avança vers la sortie, et lança :

— Sésame, ouvre-toi !

Lentement, la lumière extérieure envahit et illumina la caverne. Ali Baba, une fois dehors, se retourna et imitant le chef des voleurs, il prononça, sur le même ton, ces paroles :

— Sésame, referme-toi !

Il entendit le choc du panneau qui se refermait et constata que le rocher avait repris sa forme originale : aucune trace d'ouverture ne laissait deviner la présence de cet endroit merveilleux.

Cela fait, Ali Baba reprit le chemin de la ville. En arrivant chez lui, il fit entrer ses ânes dans une petite cour puis s'enferma à double tour. Il se débarrassa du peu de bois qui couvrait les sacs. Il les porta à l'intérieur de la maison, les posa et les arrangea devant sa femme qui était assise sur un sofa.

Celle-ci s'approcha des paniers. À la vue de tant de richesses, elle soupçonna son mari de les avoir volées. Quand il eut fini de tout déposer, elle ne put s'empêcher de lui dire :

— Ali Baba, serais-tu assez fou pour... ?

— Bah ! ma femme, l'interrompit-il, ne t'inquiète pas. Je ne suis pas un voleur. Tu cesseras de me soupçonner quand je t'aurai raconté ma bonne fortune.

Il vida les sacs. Devant ce gros tas d'or, son épouse fut éblouie. Alors il lui conta toute son aventure, du début à la fin. Lorsqu'il eut achevé son récit, il lui recommanda de garder le secret.

La femme, revenue et guérie de son épouvante, se réjouit avec son mari de ce bonheur inattendu. Elle voulut compter, pièce par pièce, tout l'or qui était devant elle.

– Ma femme, lui dit Ali Baba, tu n'es vraiment pas raisonnable : que fais-tu ? Quand vas-tu finir de compter ? Je vais creuser une fosse et y enfouir ce trésor. Nous n'avons pas de temps à perdre.

– Il est bon, reprit l'épouse, que nous en sachions au moins à peu près la quantité. Je vais chercher une petite mesure chez la voisine, et je le mesurerai pendant que tu creuseras la fosse.

– Ma femme, reprit Ali Baba, crois-moi, cela est inutile. Fais néanmoins ce qu'il te plaira. Mais souviens-toi : conserve le secret.

2
Le trésor d'Ali Baba

Pour satisfaire sa curiosité, ignorant les recommandations d'Ali Baba, l'imprudente se rendit chez son beau-frère qui ne demeurait pas loin. Cassim n'était pas chez lui. Sans réfléchir, trop excitée à l'idée de compter ses richesses, elle s'empressa de dire à sa belle-sœur :

– J'ai besoin d'une mesure. Peux-tu m'en prêter une ? Je n'en ai pas pour très longtemps. Je te la rendrai très vite.

– Tu la veux grande ou petite ?

– Petite, je te prie, lui répondit la femme d'Ali Baba en essayant de dissimuler sa joie.

– Bon, attends un moment je vais t'en apporter une.

L'épouse de Cassim disparut pour chercher la mesure et la trouva. Mais, comme elle connaissait la pauvreté d'Ali Baba, elle fut très curieuse de savoir quelle sorte de grain sa femme voulait mesurer. Elle décida, pour cela, d'appliquer adroitement du suif sous la mesure. Puis elle la remit à sa belle-sœur, s'excusant de l'avoir fait attendre en prétendant qu'elle avait eu de la peine à la dénicher.

La femme du bûcheron revint chez elle sans tarder. Elle posa la mesure sur le tas d'or, l'emplit et la vida un peu plus loin sur le sofa. Elle répéta l'opération jusqu'aux dernières pièces d'or. Ravie du grand nombre de mesures qu'elle venait de compter, elle en informa son mari. Au même moment, celui-ci achevait de creuser la fosse.

Pendant que le maître de maison enfouissait l'or, son épouse, pour tenir parole, retourna chez sa belle-sœur afin de lui rendre l'objet qu'elle avait emprunté. Mais elle ne prit pas garde qu'une pièce d'or était restée collée sur le fond de la mesure.

– Ma chère, dit-elle en la remerciant, tu vois que je ne l'ai pas gardée longtemps. Tiens, prends-la. Grand merci, je t'en suis bien obligée.

À peine eut-elle tourné les talons, que la femme de Cassim posa la mesure à l'envers pour la ranger. Quel ne fut pas son étonnement d'y voir une pièce d'or collée par le suif ! La jalousie et l'envie s'emparèrent aussitôt de son cœur.

– Quoi ! marmonna-t-elle, Ali Baba possède de l'or ! Mais où le misérable l'a-t-il pris ? Serait-il devenu riche ? Par quel miracle ?

Son mari était à sa boutique, d'où il ne reviendrait que le soir. Comment allait-elle supporter de l'attendre ? La journée lui parut aussi longue qu'un siècle. Elle était folle d'impatience de lui apprendre une nouvelle dont il ne devait pas être moins surpris qu'elle.

À peine rentré chez lui, le riche marchand fut sidéré d'entendre sa femme l'interpeller sur un ton de reproche :

– Vous croyez être riche. Vous vous trompez ! Ali Baba l'est infiniment plus que vous. Lui ne compte pas son or comme vous, il le mesure.

– Parle sans énigme, lui ordonna Cassim. Que veux-tu dire ?

– Eh bien, sachez que j'ai reçu la visite de la femme de votre frère qui me demandait de lui prêter une mesure. Par curiosité, sans l'en informer, j'ai enduit l'objet de suie. Voyez donc ce que l'innocente a rapporté sans le savoir : une pièce de monnaie si ancienne, que je ne peux même pas lire le nom du prince gravé sur l'une des faces !

Loin d'être sensible au bonheur qui pouvait être arrivé à son frère en le tirant de la misère, Cassim en conçut une jalousie mortelle. Il passa toute la nuit sans dormir. Le lendemain, à l'aube, il alla chez celui qu'il n'appelait plus frère. Il avait oublié ce nom depuis qu'il était marié à une riche veuve.

– Ali Baba, l'apostropha-t-il, tu es bien cachottier ! Tu joues le pauvre, le misérable, le gueux et tu comptes ton or !

– Mon frère, reprit le bûcheron, je ne saisis pas ce que tu veux me dire. Explique-toi donc.

– Ne fais pas l'ignorant, répliqua Cassim, en agitant la pièce d'or que sa femme lui avait mise entre les mains. Avoue-moi plutôt combien tu possèdes de pièces semblables à celle-ci. Nous l'avons trouvée collée sous la mesure que ta femme est venue emprunter hier.

À ce discours, Ali Baba comprit qu'il était inutile de continuer de cacher ce que l'imprudence de son épouse avait révélé à ces envieux. La faute commise ne pouvait être réparée. Sans montrer la moindre marque d'étonnement ni de chagrin, le brave homme raconta son aventure à Cassim, par quel hasard il avait découvert la cachette des voleurs et en quel endroit. Enfin il lui offrit, s'il voulait garder le secret, de partager avec lui ses nouvelles richesses.

– Je l'entends bien ainsi, menaça le jaloux. Mais, je veux savoir aussi où se trouve précisément ce trésor. Il faut que tu m'indiques comment je pourrais entrer dans cette cachette, si j'en avais envie ; autrement je raconterai tout à la justice. Si tu refuses, tu n'auras plus à rien à espérer : tu perdras ce que tu as pris dans la grotte et moi je serai récompensé pour t'avoir dénoncé.

Les menaces insolentes d'un frère barbare n'intimidèrent pas Ali Baba qui, plutôt par bon naturel, lui transmit toutes les informations. Il lui révéla également les paroles qu'il avait entendues, indispensables pour entrer et sortir de la grotte.

Cassim n'en demanda pas davantage. Il le quitta, rêvant de s'emparer du trésor pour lui seul.

3
L'oubli fatal

Le lendemain, Cassim part de bon matin avec dix mulets chargés de grands coffres qu'il a bien l'intention de remplir. Avant même d'avoir entamé cette expédition, il a déjà prévu de revenir avec encore plus de mulets lors d'un second voyage.

Il prend le chemin indiqué par Ali Baba, arrive près du rocher et reconnaît l'arbre sur lequel son frère s'est caché. Il cherche la porte, la trouve et prononce alors la formule magique :

– Sésame, ouvre-toi !

Le panneau rocheux pivote lourdement. Cassim se précipite à l'intérieur.

Aussitôt le voilà enfermé. En examinant la grotte, le marchand est ébloui de découvrir beaucoup plus de richesses qu'il ne l'avait imaginé. Son émerveillement grandit au fur et à mesure qu'il examine chaque chose en particulier. Avare et cupide comme il est, il pourrait passer la journée à contempler ce trésor. Mais il ne doit pas oublier qu'il est venu pour prendre sa part et charger ses dix mulets. Il remplit donc un grand nombre de sacs, autant qu'il en peut porter. Mais, horreur ! En se présentant devant la porte, il n'arrive plus à se rappeler la formule nécessaire pour la faire ouvrir. Au lieu de : « Sésame », il dit : « Orge, ouvre-toi ! » Très étonné de voir que la porte ne s'ouvre pas, il essaie d'autres noms de grains, mais pas celui qu'il faut, et la porte ne bouge toujours pas.

Cassim ne s'attendait pas à cela. Face au grand danger qui le menace, la frayeur le saisit, et plus il fait d'efforts pour se souvenir du mot de « Sésame », plus il s'embrouille. Impossible de retrouver la formule magique ! On croirait qu'il ne l'a jamais sue. Il jette par terre les sacs dont il est chargé. Il fait les cent pas dans la grotte, tantôt d'un côté, tantôt de l'autre, et toutes les richesses qui l'entourent ne lui font plus aucun effet. Mais laissons ce jaloux pleurnicher sur son sort : il ne mérite pas de compassion.

Vers midi, les voleurs revinrent à la grotte. En s'approchant du lieu, ils aperçurent les mulets du marchand qui paissaient librement près du rocher, chargés de coffres vides. Inquiets, les bandits avancèrent à toute bride et firent prendre la fuite aux dix bêtes que le propriétaire avait négligé d'attacher. Effrayés, les ânes se dispersèrent dans la forêt, si loin qu'ils furent bientôt hors de vue.

Les brigands ne se donnèrent pas la peine de leur courir après : il leur importait davantage de trouver celui à qui ces animaux appartenaient. Pendant que certains tournaient autour du rocher pour chercher l'imprudent, le capitaine, avec les autres, mit pied à terre, alla droit à la porte, le sabre à la main et prononça les paroles attendues.

La porte s'ouvrit.

Du fond de la caverne, Cassim avait entendu le bruit des chevaux. Réalisant que les voleurs étaient de retour, il ne douta point que sa fin était proche. Il devait tout tenter pour leur échapper et se sauver ! Il se posta près de la porte, prêt à se précipiter dehors quand elle s'ouvrirait. Dès qu'elle pivota, reconnaissant au passage le mot de « Sésame » qui avait échappé à sa mémoire, il se rua dehors si brusquement qu'il renversa le capitaine par terre. Mais les autres voleurs, le sabre à la main, se jetèrent sur lui et lui ôtèrent la vie sur-le-champ.

Le premier soin de ces brigands, après cette exécution, fut de se précipiter dans la grotte : ils trouvèrent près de l'entrée les sacs que Cassim avait préparés pour en charger ses mulets. Ils les remirent à leur place, sans remarquer qu'il manquait ceux qu'Ali Baba avait emportés auparavant.

En tenant conseil et en délibérant sur cet événement, ils comprirent comment Cassim avait pu sortir de la caverne. Pourtant le mystère demeurait entier : de quelle manière y était-il entré ? Peut-être était-il descendu par le haut de la grotte... Non. Impossible : l'ouverture par où le jour pénétrait était trop élevée, et le haut du rocher était inaccessible de l'extérieur ! Ils écartèrent cette hypothèse. L'homme était tout simplement entré par la porte ! Mais comment avait-il réussi à l'ouvrir sans prononcer les paroles secrètes qu'eux seuls connaissaient ? Ne se doutant pas qu'ils avaient été épiés par Ali Baba, et que c'était lui qui les avait entendues, ils ne parvinrent pas à trouver une explication à cette énigme.

Qu'importe ! Dorénavant, il faudrait redoubler de précautions et mettre en sécurité leurs richesses communes. Ils convinrent de découper en quatre quartiers le cadavre de Cassim. Ils les disperseraient près de la porte, à l'intérieur de la grotte, deux d'un côté, deux de l'autre, afin d'épouvanter quiconque aurait la hardiesse de vouloir y entrer.

Quand ils eurent achevé leur horrible besogne, ils fermèrent soigneusement leur retraite. Puis, sautant à cheval, ils regagnèrent les routes fréquentées par les caravanes, afin de les attaquer et d'exercer leurs brigandages habituels.

4
Morgiane la rusée

Pendant ce temps, la femme de Cassim était très inquiète de ne pas voir son époux de retour à la maison. Lorsque la nuit fut bien avancée, elle n'y tint plus et se rendit chez Ali Baba.

Bouleversée, elle lui confia :

– Beau-frère, tu n'ignores pas que ton frère est allé dans la forêt. Tu sais pourquoi… Hélas, il n'est pas encore revenu, et la nuit est tombée. Je crains que quelque malheur ne lui soit arrivé.

Ali Baba s'était douté de cette expédition après la conversation qu'il avait eue avec son frère. Pour cette raison, il s'était abstenu d'aller dans la forêt ce jour-là, afin de ne pas le déranger. Il la rassura :

– Rentre chez toi, chère belle-sœur. Il est trop tôt pour t'inquiéter. Cassim a certainement jugé qu'il fallait être très prudent. Il vaut mieux rentrer en ville à une heure tardive pour ne pas risquer de faire une mauvaise rencontre.

– Tu as raison, Ali Baba, acquiesça-t-elle. Mon mari aura voulu attendre que tout le monde soit endormi pour échapper aux regards indiscrets.

– Sois patiente. Je suis sûr qu'il sera là avant minuit, lui conseilla Ali Baba.

Réconfortée par les paroles du bûcheron, l'épouse de Cassim retourna chez elle. Mais une fois passé minuit, ses angoisses redoublèrent, d'autant plus aiguës qu'elle ne pouvait les exprimer ni les soulager par des cris. Elle avait bien compris qu'il ne fallait pas que le voisinage se doute de quelque chose. S'il était arrivé malheur à son mari, jamais elle ne se pardonnerait sa folle curiosité ! Elle n'aurait jamais dû s'immiscer dans les affaires de son beau-frère et de sa belle-sœur.

Elle passa la nuit à pleurer et à se lamenter. Puis, dès les premières lueurs du jour, elle courut chez ses parents et leur annonça la terrible nouvelle : Cassim n'était pas rentré.

Ali Baba n'attendit pas que sa belle-sœur le supplie d'aller voir ce que Cassim était devenu. Il partit sur-le-champ avec ses trois ânes, et il se dirigea vers la forêt.

En chemin, il ne croisa ni son frère ni ses dix mulets. Mais, en approchant du rocher, il aperçut des traces de sang près de la porte. Un mauvais pressentiment l'envahit.

– Sésame ouvre-toi ! ordonna-t-il.

À peine ces paroles prononcées, le panneau rocheux s'ébranla.

Ali Baba fut pétrifié d'horreur en découvrant le triste spectacle du corps de Cassim, découpé en quatre quartiers. Mais il se ressaisit très vite. Il devait rendre les derniers honneurs à son frère défunt, malgré le peu d'affection qu'il éprouvait pour lui. Il trouva de quoi faire deux paquets des quatre morceaux, qu'il cacha avec du bois dans les paniers portés par l'un de ses ânes. Puis il chargea les deux autres de sacs pleins d'or et disposa des branchages par-dessus, comme il l'avait fait la première fois, sans perdre de temps. Dès qu'il eut achevé sa tâche et qu'il eut commandé à la porte de se refermer, il reprit le chemin de la ville.

Ali Baba prit la précaution de s'arrêter, à la sortie de la forêt, assez de temps pour ne rentrer chez lui qu'à la nuit tombée. En arrivant, il fit pénétrer les deux bêtes chargées d'or dans la cour. Après avoir laissé à sa femme le soin de les décharger, le bûcheron l'informa brièvement de ce qui était arrivé à Cassim, et conduisit l'autre âne chez sa belle-sœur.

Là, le brave homme fut accueilli par Morgiane : c'était une esclave adroite, rusée, et habile. Très vive, elle était douée pour réussir les tâches les plus difficiles. Ali Baba avait entendu vanter ses qualités remarquables. Quand il fut entré dans le patio, il déchargea sa mule du bois et des deux paquets qu'elle portait.

Puis il se pencha vers la domestique qui se tenait debout à ses côtés et lui chuchota à l'oreille :

– Morgiane, la première chose que je te demande, c'est de garder un important secret : tu vas voir combien il nous est nécessaire d'être discrets, à ta maîtresse comme à moi. Voilà le corps de ton maître dans ces deux paquets. Il s'agit de l'enterrer comme s'il était mort de sa mort naturelle. Accompagne-moi pour annoncer cette triste nouvelle à ma belle-sœur, et sois attentive à ce que je lui dirai.

Lorsque l'épouse de Cassim sut qu'Ali Baba désirait la rencontrer, elle le fit entrer.

– Eh bien, beau-frère, interrogea la pauvre femme avec une grande impatience, quelle nouvelle apportes-tu de mon mari ? Aucun signe sur ton visage qui puisse me rassurer !

– Pauvre femme, répondit Ali Baba, il faut d'abord me promettre de m'écouter, du début jusqu'à la fin de mon récit, sans ouvrir la bouche. Il est essentiel, pour toi comme pour moi, de garder le silence, pour ton bien et pour ton repos. Personne ne doit se douter de ce qui est arrivé.

– Ah ! s'émut la veuve sans élever la voix, j'ai compris : mon mari n'est plus ! Dis, je t'écoute.

Ali Baba lui raconta les détails de son expédition.

– C'est un grand malheur pour toi, ajouta-t-il, d'autant plus grand que tu ne t'y attendais pas. Rien ne pourra te consoler de cette perte irréparable, mais je t'offre de joindre au tien le peu de bien que Dieu m'a envoyé, en t'épousant. Ma femme n'en sera pas jalouse et vous vivrez bien ensemble. Si la proposition te convient, il faut faire croire à chacun que mon frère est mort de sa mort naturelle. Tu peux compter sur Morgiane pour t'aider à dissimuler la vérité, et je ferai tout ce que je peux de mon côté pour que le secret soit bien gardé.

Quel meilleur parti pouvait prendre la veuve de Cassim que celui qu'Ali Baba lui proposait ? Elle possédait déjà les biens qui lui revenaient de la mort de son premier mari, et elle pouvait augmenter ses richesses grâce à la découverte du trésor qu'il avait faite. Elle ne refusa pas la proposition ; elle la regarda, au contraire, comme un motif raisonnable de consolation.

En essuyant ses larmes qu'elle avait commencé de verser en abondance, en arrêtant les cris perçants ordinaires aux femmes qui ont perdu leurs maris, elle montra à son beau-frère qu'elle acceptait son offre.

Le bûcheron laissa la veuve de Cassim dans cette disposition. Après avoir recommandé à

Morgiane de bien s'acquitter de son rôle, le brave homme retourna chez lui avec son âne.

La fidèle servante ne perdit pas un instant. Elle sortit en même temps qu'Ali Baba et alla chez un apothicaire[1] installé dans le voisinage.

Elle frappe à la boutique, on lui ouvre. Elle demande une sorte de remède très efficace dans les maladies les plus dangereuses. Le marchand lui en donne pour son argent et l'interroge : qui est malade chez son maître ?

– Ah ! dit-elle avec un grand soupir, c'est Cassim lui-même, mon bon maître ! On ne comprend rien à cette maladie : il ne parle plus et ne veut plus rien manger.

Sur ces mots, elle emporte le traitement dont, à la vérité, Cassim n'est plus en état de faire usage.

Le lendemain, la même Morgiane revient chez le même apothicaire et l'implore, les larmes aux yeux, de lui vendre une essence qu'on avait coutume d'administrer aux malades à la dernière extrémité ; si cette essence ne les faisait pas revivre, c'est qu'il n'y avait plus rien à espérer.

– Hélas ! dit-elle avec une grande affliction en la recevant des mains du commerçant, je crains fort que ce remède ne fasse pas plus d'effet que le

---

1. Apothicaire : pharmacien.

précédent ! Ah ! Comme je regrette de perdre un maître si bienveillant !

Par ailleurs, on vit toute la journée Ali Baba et sa femme, d'un air triste, faire plusieurs allées et venues chez leurs voisins. On ne fut donc pas étonné, le soir venu, d'entendre les cris et les lamentations de l'épouse et surtout ceux de la domestique.

Ils annonçaient que Cassim était mort.

Le lendemain, à l'aube, alors que le jour ne faisait que poindre, Morgiane sortit. Elle alla trouver, sur la place, un savetier fort vieux, qui ouvrait tous les jours sa boutique le premier, longtemps avant les autres. En l'abordant et en le saluant, elle lui glissa une pièce d'or dans la main.

Baba Moustafa, connu de tout le monde sous ce nom, était naturellement gai et avait toujours le mot pour rire. Il regarda l'écu qu'il venait de recevoir. À la faible lueur du jour, il se rendit compte que c'était de l'or.

– Bonne étrenne ! s'étonna-t-il. De quoi s'agit-il ? Me voilà prêt à bien faire.

– Baba Moustafa, répondit Morgiane d'un ton ferme, prenez ce qui vous est nécessaire pour coudre, et suivez-moi promptement. Cependant je vous banderai les yeux quand nous serons arrivés là où je dois vous mener.

Lorsqu'elle se tut, le vieillard fit le difficile.

– Oh! oh! reprit-il, vous voulez donc me faire faire quelque chose contre ma conscience ou contre mon honneur?

– Dieu nous protège, s'exclama la jeune femme en lui mettant une autre pièce d'or dans la main. Je n'exige rien de vous que vous ne puissiez faire en tout honneur! Venez seulement, et ne craignez rien.

Le vieillard se laissa conduire. En cours de route, Morgiane lui banda les yeux avec un mouchoir et le mena chez son défunt maître. Elle ne lui ôta le bandeau que dans la chambre où elle avait mis le corps, en disposant chaque quartier à sa place. Après lui avoir rendu la vue, elle lui expliqua avec autorité:

– Baba Moustafa, c'est pour vous faire coudre les pièces que voilà que je vous ai amené ici. Ne perdez pas de temps. Quand vous aurez fini, je vous donnerai une autre pièce d'or.

Quand le travail fut achevé, Morgiane prit un mouchoir qu'elle noua de nouveau autour de la tête du vieux savetier. Elle lui donna la troisième pièce d'or promise et lui recommanda le secret. Elle le ramena alors à l'endroit où elle lui avait bandé les yeux. Là, après l'avoir libéré de son

bandeau, elle le laissa retourner chez lui. Pendant un long moment, elle suivit le vieil homme du regard jusqu'à ce qu'il disparaisse. Elle voulait l'empêcher de revenir sur ses pas pour la surveiller.

De retour à la maison, la fidèle servante avait fait chauffer de l'eau pour laver le corps de Cassim. Ali Baba, qui arriva juste après elle, le nettoya, le parfuma d'encens et l'ensevelit selon la tradition. Morgiane reçut à la porte le menuisier qui apportait le cercueil qu'on avait commandé. Pour que l'étranger ne s'aperçoive de rien, elle le paya et le renvoya très vite sans lui laisser le temps d'entrer. Ensuite, elle aida son nouveau maître à déposer le corps de son frère dans la caisse et, pendant qu'il clouait les planches pour la sceller, elle alla à la mosquée avertir que tout était prêt pour l'enterrement. Les gens chargés de laver les corps des morts lui offrirent leurs services. Mais elle refusa, prétextant que c'était déjà fait.

Un peu plus tard, chez sa maîtresse, elle accueillit l'imam[1] accompagné de religieux. Quatre voisins chargèrent le cercueil sur leurs épaules ; et, en suivant l'imam qui récitait des prières, ils se dirigèrent vers le cimetière.

---

1. Imam : l'imam dirige la prière. Dans une mosquée, il se tient dans une niche, le mihrab, orientée vers La Mecque.

Morgiane, en pleurs comme il convient à l'esclave d'un défunt, suivit le cortège, la tête nue, en poussant des cris pitoyables, en se frappant la poitrine de grands coups et en s'arrachant les cheveux. Ali Baba marchait derrière, accompagné de ses proches qui, tour à tour, se détachaient du groupe pour aider à porter le cercueil jusqu'au cimetière. Quant à l'épouse, elle resta chez elle, inconsolable, poussant des cris aigus avec les femmes du quartier. Selon la coutume, celles-ci avaient accouru pendant la cérémonie pour joindre leurs lamentations aux siennes. Une grande tristesse s'empara de la ville.

De la sorte, la mort tragique de Cassim fut si bien dissimulée par sa veuve, Morgiane, Ali Baba et sa femme que personne n'en eut le moindre soupçon.

Trois ou quatre jours après l'enterrement, une nuit, Ali Baba transporta le peu de meubles qu'il possédait et l'argent dérobé au trésor des voleurs dans la maison de la veuve pour s'y établir. Ainsi fut rendu public son nouveau mariage avec sa belle-sœur. Et comme ces sortes de mariage ne sont pas extraordinaires dans notre religion, personne n'en fut surpris.

Quant à la boutique de son frère, Ali Baba la confia à son fils qui, depuis quelque temps, avait achevé son apprentissage chez un riche marchand très satisfait de sa bonne conduite.

– Te voilà devenu un jeune homme capable de te gouverner avec sagesse, déclara le père d'un ton solennel. C'est à toi de reprendre les affaires de ton pauvre oncle défunt. Je te fais la promesse, si tu réussis en affaires, de te trouver un bon parti et de te marier très vite.

5
Des voleurs bernés

Laissons Ali Baba jouir des premiers temps de sa bonne fortune, et parlons des quarante voleurs.

Ils retournèrent à leur retraite de la forêt quelques jours plus tard, comme ils l'avaient prévu. Mais ils furent très étonnés de ne pas y trouver le corps de Cassim. Leur désarroi s'accentua quand ils constatèrent que le nombre de sacs d'or entassés dans la grotte avait diminué.

– Nous sommes découverts ! s'exclama le capitaine. Si nous n'y prenons garde, nous sommes perdus !

– Dénichons le coupable, renchérit l'un des brigands, ou nous perdrons toutes les richesses amassées si péniblement par nos ancêtres et par nous-mêmes.

– Pour l'instant, nous ne sommes certains que d'une chose, déclara leur chef : le voleur que nous avons surpris a bien découvert notre secret.

– Heureusement que nous sommes arrivés à point nommé, au moment où il allait sortir, interrompit un autre homme.

– Mais il n'était pas seul, poursuivit le capitaine, il doit avoir un complice ! Son corps emporté et notre trésor diminué en sont la preuve. Apparemment, ils sont deux. Nous avons tué le premier, il nous faut trouver le deuxième pour l'éliminer à son tour. Qu'en dites-vous, mes braves ? N'êtes-vous pas du même avis que moi ?

Cette proposition fut trouvée si raisonnable par ses amis qu'ils l'approuvèrent tous et qu'ils tombèrent d'accord : il fallait abandonner tout autre projet pour s'attacher uniquement à celui-ci. Ils ne pourraient continuer leur commerce qu'une fois le mystère résolu.

– Je n'en attendais pas moins de votre courage, reprit le capitaine. Mais avant toutes choses, il faut que quelqu'un parmi vous, hardi, adroit et entreprenant, se rende en ville, sans armes et déguisé en voyageur.

– Nous sommes tous volontaires ! s'exclamèrent d'une seule voix les brigands.

– Attendez, je n'ai pas fini : celui qui sera désigné emploiera tout son savoir-faire pour découvrir si on n'y parle pas de la mort étrange de celui que nous avons massacré comme il le méritait. Il faudra se renseigner sur qui il était et en quelle maison il demeurait.

– Allons sur le champ obtenir toutes ces informations ! s'écrièrent ses compagnons.

– Attention, avertit le chef, nous n'avons pas le droit à l'erreur. Ne dévoilons pas notre présence dans ce pays où nous sommes inconnus depuis si longtemps. Nous avons grand intérêt à le rester. La mission est délicate. Avant de vous engager, écoutez bien ce que j'ai à vous dire. Pour empêcher celui qui sera désigné de se tromper, pour qu'il ne vienne pas nous rapporter de fausses nouvelles qui causeraient notre perte, je propose qu'il subisse la peine de mort en cas d'erreur.

– Je suis d'accord, approuva l'un des voleurs sans attendre que les autres donnent leurs avis. C'est un honneur pour moi d'exposer ma vie en me portant volontaire pour accomplir cette mission. Si je n'y réussis pas, vous vous souviendrez au moins que je n'aurai manqué ni de bonne volonté ni de courage pour le bien commun.

Cet homme, après avoir reçu les louanges du capitaine et de ses camarades, se déguisa de manière que personne ne puisse le reconnaître plus tard.

En quittant le groupe, il partit la nuit. Il prit son temps et entra dans la ville au petit matin. Il avança jusqu'à la place, où il ne vit qu'une seule boutique ouverte : c'était celle de Baba Moustafa.

Le savetier était assis sur son siège, l'alêne[1] à la main, prêt à travailler. Le voleur l'aborda en lui souhaitant une bonne journée, et remarqua son grand âge.

— Bonhomme, lui dit-il, vous commencez très tôt ; il n'est pas possible que vous y voyiez bien, âgé comme vous l'êtes ; et, même s'il faisait plus clair, je doute que vous ayez d'assez bons yeux pour coudre.

— Qui que vous soyez, répondit le vieil homme, il faut que vous ne me connaissiez pas. J'ai beau être vieux, je n'en ai pas moins une vue excellente. Vous n'en douterez plus quand vous apprendrez que, il n'y a pas très longtemps, j'ai cousu un mort dans un lieu où il ne faisait guère plus clair que présentement.

Le brigand ressentit une grande joie. Voilà que, sans le vouloir, il s'était adressé immédiatement à la bonne personne ! Sans le savoir, le vieil homme venait de lui livrer une précieuse information…

— Un mort ? reprit-il, feignant la surprise.

— Oui, monsieur, un mort, répondit fièrement le vieillard

— Pourquoi coudre un mort ? s'étonna le voleur pour obtenir plus de détails. Vous voulez dire,

---

1. Alêne : poinçon en acier dont se servent les cordonniers ou les savetiers.

sans doute, que vous avez cousu le linceul dans lequel il a été enseveli.

– Non, non, rétorqua Baba Moustafa : je sais bien ce que je veux dire. Vous voulez me faire parler, mais vous n'en saurez pas davantage.

Le voleur n'avait pas besoin d'éclaircissement pour être persuadé qu'il avait découvert ce qu'il était venu chercher.

Il tira une pièce d'or qu'il glissa dans la main du savetier en lui disant :

– Je n'ai garde de vouloir entrer dans votre secret. Pourtant, si vous me le confiez, je peux vous assurer que je ne le divulguerai pas. La seule chose dont je vous prie, c'est me faire la grâce de m'indiquer ou me montrer la maison où vous avez cousu ce mort.

– Même si j'avais la volonté de vous accorder ce que vous me demandez, répliqua le vieil homme, en tenant la pièce d'or, prêt à la rendre, je vous assure que je ne pourrais pas le faire.

– Et pourquoi donc ?

– Vous devez me croire sur parole. En voici la raison : c'est qu'on m'a mené jusqu'à une certaine place où l'on m'a bandé les yeux. De là, je me suis laissé conduire jusqu'à la maison. Après avoir fini ce que j'avais à faire, on me ramena de la même manière au même endroit. Vous voyez que je suis dans l'incapacité de vous rendre service.

– Au moins, reprit le voleur, vous devez vous souvenir à peu près du chemin que vous avez parcouru les yeux bandés. Venez, je vous prie, avec moi. Je vous nouerai un bandeau autour de la tête au même endroit. Puis nous marcherons ensemble et nous emprunterons le même chemin et les mêmes détours. Vous verrez, la mémoire vous reviendra. Comme toute peine mérite récompense, voici une autre pièce d'or. Venez, faites-moi le plaisir que je vous demande.

Les deux pièces d'or tentèrent Baba Moustafa. Il les regarda quelques instants dans sa main sans dire mot, réfléchissant à l'attitude qu'il devait adopter. Il tira enfin sa bourse de sa poche pour y glisser les écus. Il baissa la tête et marmonna :

– Je ne vous promets pas que je me souvienne précisément du chemin ; mais, puisque vous le voulez ainsi, allons ; je ferai ce que je pourrai.

Le vieillard se leva, à la grande satisfaction du voleur ; et sans fermer sa boutique, où il n'y avait rien de précieux à voler, il mena le brigand avec lui à l'endroit où Morgiane lui avait bandé les yeux.

– C'est ici, indiqua le savetier, qu'on m'a ôté la vue ; et j'étais placé comme vous me voyez.

– Voilà un mouchoir qui fera bien l'affaire, lui dit le bandit. Restez comme vous êtes pour que je le noue afin de vous cacher les yeux. Maintenant, essayons de retrouver le chemin.

Ils marchèrent côte à côte, l'un conduisant l'autre et réciproquement. Après quelques hésitations, le vieil homme s'arrêta.

– Il me semble, dit Baba Moustafa, que je n'ai point été plus loin.

Et il se trouvait en effet exactement devant la maison de Cassim où Ali Baba demeurait alors.

Avant de lui ôter le bandeau, le voleur traça furtivement une marque sur la porte avec de la craie qu'il tenait prête dans une poche.

– Sais-tu à qui appartient cette maison ? demanda-t-il au savetier en lui rendant la vue.

– Comment veux-tu que je le sache ? Je ne suis pas du quartier, répondit le vieil homme en secouant la tête.

Voyant qu'il ne pourrait en apprendre davantage, le brigand remercia Baba Moustafa de la peine qu'il lui avait fait prendre. Après qu'il l'eut quitté et laissé retourner à sa boutique, il reprit le chemin de la forêt, persuadé qu'il serait accueilli comme un héros.

Le matin même, Morgiane sortit de la maison d'Ali Baba pour quelque affaire. En revenant, elle remarqua le signe laissé sur la porte. Elle s'arrêta pour l'examiner.

« Que signifie cette marque ? s'étonna-t-elle. Quelqu'un voudrait-il du mal à mon maître, ou l'a-t-on fait pour se divertir ? Quelle que soit l'intention de son auteur, il est bon de se méfier. »

Elle prit aussitôt une craie. Et comme les portes voisines étaient semblables, sur chaque entrée elle reproduisit le même signe au même endroit. Puis elle rentra chez elle, sans parler de ce qu'elle venait de faire, ni à son maître ni à sa maîtresse.

Le voleur cependant, qui continuait son chemin, atteignit la forêt et rejoignit ses compagnons.

En arrivant, il fit part du succès de son voyage, en exagérant la chance qu'il avait eue d'avoir trouvé si vite l'homme qui avait pu parfaitement le renseigner.

Il fut écouté avec une grande satisfaction et félicité par le capitaine pour son extrême sérieux. Quelle efficacité !

– Mes chers compagnons, poursuivit le chef en s'adressant à ses hommes, nous n'avons pas de temps à perdre. Partons bien armés, mais sans que cela se voie. Nous nous séparerons à l'entrée de la ville pour ne pas éveiller les soupçons ; les uns iront d'un côté, les autres de l'autre. Nous nous retrouverons sur la grande place. Pendant ce temps, j'irai reconnaître la maison avec notre ami qui vient de nous apporter une si bonne nouvelle.

Là, je déciderai en fonction des événements de la suite à donner à notre expédition.

Ce discours fut applaudi, et toute la troupe se mit en chemin par petits groupes de deux ou trois. En marchant à une distance raisonnable les uns des autres, ils pénétrèrent dans la ville sans éveiller de soupçon.

Le capitaine et son émissaire du matin y entrèrent les derniers. Les deux hommes se dirigèrent vers la rue où le voleur avait marqué le logis d'Ali Baba. En passant devant l'une des portes signées par Morgiane, il la désigna à son chef d'un clin d'œil discret pour lui indiquer que c'était celle-là. Mais, alors qu'ils continuaient leur chemin sans s'arrêter, afin de ne pas se rendre suspects, le capitaine constata sur l'entrée de la maison voisine le même signe au même endroit.

– Regarde ! fit-il. N'est-ce pas plutôt ici ?

Son acolyte, confus, ne sut quoi lui répondre. Il regarda autour de lui. Toutes les portes portaient la même marque ! Troublé, il se tourna vers son capitaine.

– Je vous jure que je n'ai fait qu'une seule marque ! C'est à n'y rien comprendre… Qui a bien pu l'imiter aussi bien ? Je suis incapable de reconnaître la mienne !

Le chef, en voyant son plan échouer, se rendit à la grande place où il fit dire à ses hommes, par le premier qu'il rencontra, qu'ils avaient perdu leur temps. Ce voyage s'avérait inutile. Pas d'autres solutions que de rebrousser chemin. Il en donna l'exemple, et ils le suivirent tous, dans l'ordre dans lequel ils étaient venus.

Quand ils se retrouvèrent dans la forêt, leur chef leur expliqua la raison pour laquelle il les avait fait revenir. Aussitôt le voleur fut condamné à mort à l'unanimité. D'ailleurs il s'accabla lui-même, en reconnaissant qu'il aurait dû mieux prendre ses précautions. Il présenta le cou sans trembler à celui qui fut désigné pour lui couper la tête.

Pour la sécurité de la bande, il s'agissait de ne pas laisser sans vengeance le tort subi. Un autre compagnon promit de réussir là où avait échoué celui qui venait d'être châtié. Il se proposa et supplia d'être choisi pour cette mission.

Il fut écouté. Il se mit en route : il corrompit Baba Moustafa, comme le premier l'avait corrompu, et Baba Moustafa lui indiqua la maison d'Ali Baba, les yeux bandés. Le brigand la marqua de rouge dans un endroit moins apparent, certain que c'était un moyen sûr pour la distinguer de celles qui étaient signalées par du blanc.

Mais peu de temps après Morgiane sortit de la maison, comme le jour précédent ; et, quand elle revint, le signe rouge n'échappa pas à ses yeux clairvoyants. Elle fit le même raisonnement que précédemment et, aussitôt, traça la même marque rouge sur les portes voisines et aux mêmes endroits.

Le voleur, à son retour dans la forêt, se vanta haut et fort d'avoir eu recours à une précaution infaillible pour ne pas confondre la maison repérée avec les autres. Le capitaine et ses compagnons crurent avec lui que ce plan-là devait réussir. Ils se dirigèrent vers la ville dans le même ordre et en prenant les mêmes précautions qu'auparavant, armés et prêts à faire le coup qu'ils préméditaient. Les voleurs et son chef, en arrivant, allèrent directement dans la rue concernée. Mais ils rencontrèrent la même difficulté que la première fois. Le chef des brigands en fut indigné. Son compagnon, accablé, se désola comme celui qui l'avait précédé la veille.

Ainsi, le capitaine, furieux, fut contraint de se retirer encore une fois avec ses amis aussi peu satisfaits que le jour précédent. Le voleur, coupable de cette méprise, subit à son tour le châtiment auquel il s'était soumis volontairement.

La troupe ne pouvait se permettre de perdre ainsi ses membres l'un après l'autre ! Il fallait changer de plan pour retrouver la maison d'Ali Baba. Les deux hommes n'avaient pas été suffisamment méfiants. À l'avenir, on ferait preuve d'intelligence. Le chef décida de se charger de la mission lui-même ; il vint en ville, rencontra Baba Moustafa qui lui rendit le même service qu'à ses prédécesseurs. Il ne s'amusa pas à faire de marque pour reconnaître la maison. Il l'examina attentivement, notant silencieusement tous les détails qui permettaient de la retrouver. Il passa et repassa plusieurs fois devant elle, jusqu'à ce qu'il soit certain de ne plus jamais se tromper.

Le chef de la troupe, satisfait de son voyage, retourna dans la forêt. Quand il arriva dans la grotte où sa bande l'attendait, il annonça :

– Mes amis, rien ne peut plus nous empêcher de nous venger. Je connais avec certitude la maison du coupable.

– Vengeance ! À mort ! Allons tout de suite le pendre ! vociféra l'assemblée.

– Patience chers compagnons ! Nous devons agir avec discrétion. En chemin, j'ai songé aux moyens de le punir, de sorte que personne ne puisse avoir connaissance du lieu de notre retraite et de notre trésor.

– Il a raison, approuvèrent certains. N'oublions pas l'essentiel. Que deviendrions nous si nous étions découverts ?

– Notre expédition, au lieu de nous être utile, nous serait funeste. Pour parvenir à notre but, continua le capitaine, voici ce que j'ai imaginé.

Quand je vous aurai exposé mon plan, celui qui aura une meilleure idée pourra la communiquer. Mais pas avant.

Alors, il leur indiqua de quelle manière il prétendait s'y prendre. Ses hommes lui donnèrent d'avance leur accord. Il leur ordonna de se séparer avant de se rendre dans les bourgs, les villages alentour et même dans les villes. Ils avaient pour mission d'acheter dix-neuf mulets et trente-huit grands vases de cuir pour le transport de l'huile. Seul l'un des récipients serait plein, les autres resteraient vides.

En deux ou trois jours, les voleurs réussirent à acquérir bêtes et jarres. Comme celles-ci avaient une ouverture trop étroite pour l'exécution de son plan, le chef ordonna de les élargir un peu. Cela permettrait à ses compagnons avec leurs armes de s'y cacher un à un et de pouvoir respirer. Puis il les ferma de manière qu'elles paraissent pleines d'huile. Seule l'une d'entre elles en était pleine. Enfin, pour mieux tromper les curieux, il enduisit d'huile l'extérieur des jarres.

Une fois que le chef des brigands eut chargé les mulets des trente-huit vases au fond desquels étaient tapis trente-sept voleurs, il prit le chemin de la ville sans perdre de temps.

6
Drôles de jarres

Le chef des brigands arriva environ une heure après le coucher du soleil, comme il l'avait prévu. Le capitaine se dirigea droit vers la maison d'Ali Baba où il voulait passer la nuit avec ses bêtes, comptant sur l'hospitalité du maître de maison. Le bûcheron était assis devant chez lui. Il prenait le frais après le souper. Le faux marchand immobilisa ses ânes et lui adressa ces paroles :

– Seigneur, je transporte de l'huile de bien loin, pour la vendre demain au marché. À l'heure qu'il est, je ne sais où loger. Si cela ne vous incommode pas, faites-moi le plaisir de me recevoir chez vous pour me reposer : je vous en serai reconnaissant.

Bien qu'ayant vu le brigand dans la forêt, et aussi entendu sa voix, comment Ali Baba aurait-il pu reconnaître le capitaine des quarante voleurs sous le déguisement d'un marchand d'huile ?

– Vous êtes le bienvenu, répondit-il.

Et sur ces mots, le brave homme invita l'étranger à entrer dans la cour avec son chargement.

En même temps, l'hôte appela un de ses esclaves. Il lui ordonna, quand les mulets seraient déchargés, de les mettre à l'abri dans l'écurie, et de leur donner également du foin et de l'orge. Il prit aussi la peine de se rendre dans la cuisine et demanda à Morgiane de préparer sur-le-champ à souper pour l'invité qui venait d'arriver, sans oublier de lui faire un lit dans une chambre.

Soucieux de bien accueillir cet homme, Ali Baba le rejoignit dans l'écurie où le faux commerçant finissait de décharger ses bêtes tout en cherchant une place pour passer la nuit dehors. Le bûcheron l'invita à le suivre dans la salle où il recevait ses convives. Il ne le laisserait pas dormir dans la cour ! Le capitaine des voleurs prétexta ne pas vouloir le déranger et commença par refuser. Cette invitation risquait de bousculer ses plans. Il tenait à être libre pour exécuter son funeste projet. Mais le maître de maison insista tellement que le bandit finit par accepter à contrecœur son hospitalité.

Jusqu'à ce que Morgiane serve le souper, Ali Baba, non content de tenir compagnie à celui qui en voulait à sa vie, continua de l'entretenir de plusieurs sujets qu'il pensait dignes d'intérêt. Il ne le quitta qu'une fois achevé le repas dont il l'avait régalé.

– Je vous souhaite une bonne nuit, lui dit-il.

Vous êtes ici chez vous. N'hésitez pas à demander ce dont vous pouvez avoir besoin. Tout, ici, est à votre disposition.

Les deux hommes se levèrent en même temps. Ali Baba, après avoir pris congé, passa par la cuisine pour parler à Morgiane. Le traître, lui, sortit dans la cour sous prétexte d'aller à l'écurie vérifier si rien ne manquait à ses mulets.

Après avoir recommandé de nouveau à la servante de prendre grand soin de son invité et de ne le laisser manquer de rien, le maître de maison conclut :

– Morgiane, je t'avertis que demain je vais au hammam[1] avant le jour ; fais attention que mon linge de bain soit prêt. Tu le confieras à Abdallah (c'était le nom de son esclave). N'oublie pas de me préparer un bon bouillon que je prendrai à mon retour.

Peu après, il se retira pour se coucher.

Pendant ce temps, le chef de la troupe, à la sortie de l'écurie, alla donner des ordres à ses hommes. En commençant par le premier vase et ce jusqu'au dernier, il chuchota à chacun :

---

1. Hammam : bain à étuve qui comporte plusieurs pièces chaudes consacrées aux soins du corps.

– Cette nuit quand tout le monde sera endormi, je jetterai de petites pierres de la chambre où l'on me loge. À ce signal, emparez-vous de vos couteaux pour fendre vos vases depuis le haut jusqu'en bas. Dès que l'ouverture sera suffisante, sortez : aussitôt je vous rejoindrai.

Le couteau dont il parlait était pointu et affilé pour cet usage.

Cela fait, l'homme retourna dans la maison et se présenta à la porte de la cuisine. Morgiane prit une lampe à huile pour le conduire à la chambre qu'elle lui avait préparée. Là, elle le laissa, après s'être assurée qu'il n'avait plus besoin de rien. Pour ne pas éveiller de soupçon, il souffla la chandelle peu de temps après. Le voleur se coucha tout habillé, prêt à se lever dès qu'il aurait fait son premier somme.

La servante dévouée n'oublia pas les ordres de son maître : elle prépara son linge de bain, elle en chargea Abdallah, qui n'était pas encore allé se coucher, elle cuisina le pot-au-feu pour en extraire le bouillon. Mais pendant qu'elle écumait le pot, la lampe s'éteignit Il n'y avait plus d'huile dans la maison, et la chandelle manqua aussi. Que faire ? Elle avait besoin de voir clair pour finir sa tâche ; elle appella Abdallah.

– De l'huile ? lui dit l'esclave. Pourquoi ne vas-tu pas te servir dans une des jarres qui est dans la cour ?

Morgiane remercia Abdallah de son conseil. Pendant qu'il allait se coucher près de la chambre d'Ali Baba pour l'accompagner au hammam le lendemain, elle prit la cruche à huile et sortit la remplir.

Comme elle s'approchait de la première jarre, elle sursauta en entendant le voleur caché à l'intérieur demander, en chuchotant :

– Est-il temps ?

Le son de la voix était passé au travers de l'ouverture laissée par le capitaine des voleurs. Il n'avait pas pu faire autrement. Après avoir déchargé ses mulets, il avait dû ouvrir non seulement ce vase, mais aussi tous les autres, pour permettre à ses hommes de respirer. Ils y étaient fort mal à l'aise, sans y être cependant privés d'air.

Tout autre esclave que Morgiane, surpris comme elle le fut en découvrant un homme dans un vase au lieu d'y trouver l'huile qu'elle cherchait, aurait fait un vacarme capable de causer de grands malheurs. Mais la fidèle servante était au-dessus de ses semblables. Elle comprit en un instant l'importance de garder le silence. Son maître, sa famille, et elle-même couraient un grand danger. Il était urgent de réagir sans faire d'éclat. Elle devait faire preuve de sagesse et de discernement pour analyser la situation. Elle n'avait pas le droit à l'erreur.

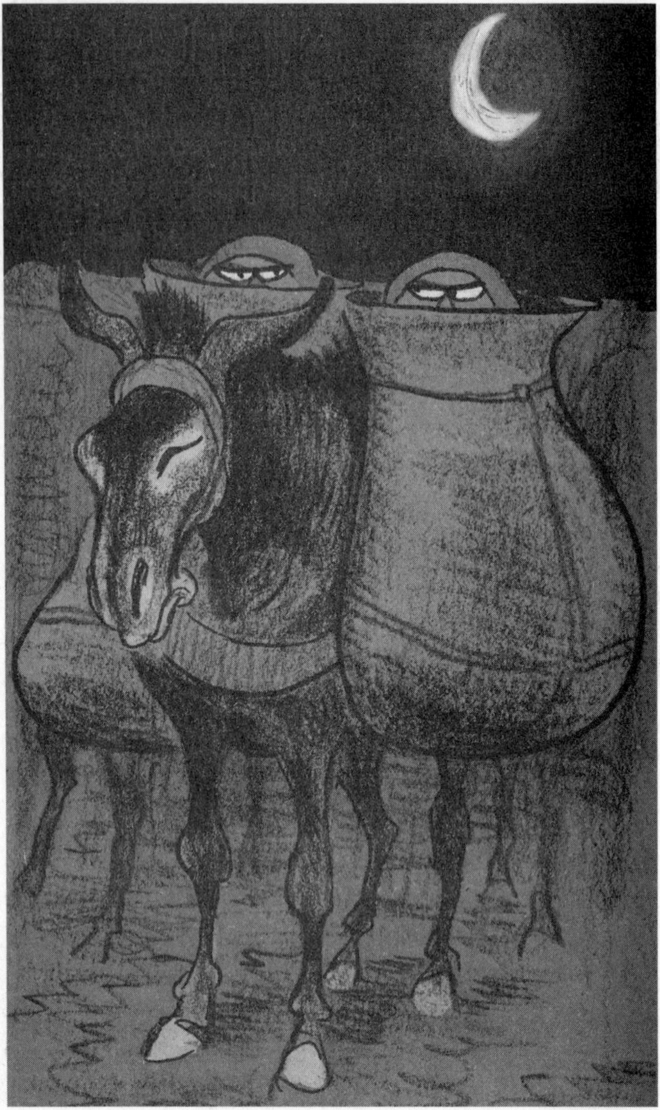

Elle réfléchit très vite, et, sans laisser paraître aucune émotion, en imitant la voix du capitaine des voleurs, elle répondit à la question et dit :

– Pas encore, mais bientôt.

Elle s'approcha du vase suivant. La même question lui fut posée, la même réponse fut donnée, et ainsi de suite, jusqu'à ce qu'elle arrive au dernier récipient plein d'huile.

C'est ainsi que cette jeune femme d'une grande intelligence comprit que son maître, Ali Baba, qui avait cru offrir l'hospitalité à un marchand d'huile, avait permis à trente-huit voleurs de pénétrer chez lui. Elle remplit comme si de rien n'était sa cruche d'huile qu'elle prit dans la dernière jarre. À la hâte, elle revint dans sa cuisine, où, après avoir versé quelques gouttes dans la lampe et l'avoir rallumée, elle prit une grande marmite avant de retourner dans la cour pour la remplir. Elle rapporta le chaudron plein à ras bord, le mit sur le feu qu'elle attisa en y ajoutant du bois. Plus tôt l'huile bouillirait, plus tôt elle écarterait le danger de la maison.

L'huile se mit enfin à bouillir. Elle prit le récipient, et ressortit dans la cour. Puis elle versa suffisamment de liquide dans chaque vase pour étouffer et ébouillanter les voleurs.

C'est ainsi qu'elle leur ôta la vie.

Cette action digne du courage de Morgiane fut exécutée sans bruit, comme elle l'avait projetée. De retour dans sa cuisine, avec son récipient vide, elle ferma la porte. Elle éteignit le feu qu'elle avait allumé, laissant ce qu'il fallait de braises pour achever de réchauffer le bouillon d'Ali Baba. Ensuite, elle souffla la mèche mais elle était résolue à ne pas aller se coucher. Elle voulait observer ce qui arriverait, par une fenêtre de la cuisine donnant sur la cour, autant que l'obscurité de la nuit le lui permettrait.

L'habile servante n'eut pas à attendre très longtemps.

Un quart d'heure plus tard, le capitaine des voleurs s'éveille. Il se lève, regarde par la fenêtre qu'il ouvre, n'aperçoit aucune lumière. Un grand silence règne dans la maison endormie. Aussitôt il donne le signal en jetant de petites pierres. L'écho qui lui parvient aux oreilles ne le fait pas douter un seul instant : plusieurs sont tombées sur les vases. Il écoute, mais n'entend ni n'aperçoit rien qui lui prouve que ses hommes se mettent en mouvement.

Il en est inquiet : il jette de petites pierres une seconde et une troisième fois. Elles tombent sur les jarres, et cependant pas un des voleurs ne donne le moindre signe de vie. Il ne peut en comprendre la raison. Il descend dans la cour, alarmé, en faisant le moins de bruit possible. Il approche avec précaution du premier vase et, quand il veut demander au voleur qu'il croit vivant, s'il dort, il sent une odeur d'huile chaude et de brûlé qui s'en exhale.

Abasourdi, il réalise que son projet de tuer Ali Baba vient d'échouer. Il ne pourra pas piller sa maison ni récupérer l'or que ce maudit bûcheron a dérobé dans la grotte. Il va d'un vase à l'autre, passe et repasse mais ne peut que constater le triste sort de ses compagnons. Ils ont tous péri brûlés vifs ! En voyant le récipient d'huile presque vide, il comprend comment on s'y est pris pour le priver du secours qu'il attendait. Alors, désespéré d'avoir manqué son coup, il s'enfuit par la porte du jardin d'Ali Baba et, de jardin en jardin, en passant par-dessus les murs, il disparaît bientôt.

Quand Morgiane n'entendit plus de bruit, elle attendit quelque temps encore. Mais ne voyant pas revenir le capitaine des voleurs, elle se douta qu'il avait dû s'échapper par le jardin. Satisfaite et soulagée d'avoir si bien réussi à protéger toute la maisonnée, elle se coucha enfin et s'endormit heureuse.

Ali Baba, cependant, sortit avant le jour et alla au hammam, suivi de son esclave, sans rien savoir du terrible événement survenu chez lui pendant son sommeil. Morgiane n'avait pas jugé à propos de l'éveiller. La brave servante avait pensé, avec raison, qu'elle n'avait pas de temps à perdre face au grand danger qui les menaçait tous. Il était vraiment inutile de troubler le repos de son maître, même une fois les risques écartés.

Lorsqu'Ali Baba revint du bain et qu'il rentra chez lui, le soleil était levé. Ali Baba fut très surpris de voir les vases d'huile à la même place que la veille. Le marchand ne s'était vraisemblablement pas rendu au marché avec ses mulets. Tout était resté en l'état.

Il en demanda la raison à sa domestique. Elle n'avait touché à rien pour que son maître puisse contempler ce triste spectacle. Elle n'aurait ainsi aucune difficulté à lui expliquer à quel danger ils avaient tous échappé.

– Mon bon seigneur, répondit Morgiane à la question qu'il venait de lui poser, Dieu vous protège, vous et toute votre famille ! Vous allez comprendre : prenez la peine de venir avec moi.

Ali Baba la suivit, intrigué. Quand elle eut fermé la porte, elle le mena au premier vase.

– Regardez dans la jarre, lui dit-elle, et voyez s'il y a de l'huile.

Lorsqu'il se pencha, il aperçut à l'intérieur le corps d'un homme recroquevillé. Il se recula, effrayé, en poussant un grand cri.

– Ne craignez rien, le rassura sa servante. L'homme que vous voyez ne vous fera pas de mal. Il en a fait, mais il n'est plus en état d'en faire, ni à vous, ni à personne : il est mort.

– Morgiane, s'écria Ali Baba, que veut dire ce que tu viens de me montrer ? Explique-le-moi.

– Je vous l'expliquerai, répondit-elle. Mais modérez votre étonnement et n'éveillez pas la curiosité des voisins. Ils ne doivent pas se douter de ce qui se passe ici. Examinez auparavant tous les vases.

Le bûcheron inspecta les autres jarres les unes après les autres, de la première jusqu'à la dernière où il restait de l'huile, même si quelqu'un semblait avoir sérieusement entamé son contenu. Quand il eut terminé, il demeura immobile, tantôt jetant les yeux sur les vases, tantôt observant Morgiane, sans dire mot tant il était effaré. Au bout de quelques instants, il retrouva la parole pour demander :

– Et le marchand qu'est-il devenu ?

– Le marchand, répondit la jeune femme, est aussi peu marchand que je suis marchande. Je vous dirai qui il est et ce qu'il est devenu. Mais vous apprendrez toute l'histoire plus commodément dans votre chambre. Car il est temps, pour votre santé, de prendre votre bouillon après être sorti du hammam.

Pendant que son maître se rendait dans sa chambre, Morgiane alla à la cuisine chercher le brouet qu'elle lui apporta. Avant de le boire, Ali Baba la supplia :

– Commence ton récit. Je suis très impatient de connaître les moindres détails de cette étrange aventure.

– Seigneur, raconta sans tarder l'esclave obéissante, hier au soir, quand vous vous êtes retiré pour vous coucher, j'ai préparé votre linge de bain, comme vous me l'aviez commandé, et je l'ai confié à Abdallah. Puis j'ai cuisiné le pot-au-feu pour préparer le bouillon ; et comme je l'écumais, la lampe s'est éteinte tout à coup, faute d'huile. Il n'en restait plus une goutte dans la cruche. J'ai bien cherché quelques bouts de chandelle mais je n'en ai pas trouvé. Abdallah, me voyant embarrassée, m'a rappelé qu'il y avait des vases pleins d'huile dans la cour. Il était loin de se douter, comme moi, mais comme vous également, qu'on y trouverait autre chose ! J'ai donc pris la cruche et suis allée la remplir. Mais lorsque je suis arrivée près de la jarre la plus proche, il en est sorti une voix qui m'a demandé :

– Est-il temps ?

– Tu as dû avoir peur ! s'exclama Ali Baba.

– Non. Je n'ai pas été effrayée. J'ai immédiatement compris la malice du faux marchand. J'ai donc répondu sans hésiter : « Pas encore, mais bientôt. » Je suis passée au vase suivant ; et une autre voix m'a posé la même question, à laquelle j'ai répondu de la même façon. Je suis passée d'un vase à l'autre : à pareille demande, pareille réponse. Ce n'est que dans le dernier vase que j'ai trouvé de l'huile dont j'ai rempli mon pot.

– Combien y avait-il de jarres ?

– Trente-huit, ce qui signifiait que trente-sept voleurs se trouvaient au milieu de votre cour ! Ces hommes n'attendaient que le signal de leur chef, celui que vous avez pris pour un marchand et à qui vous avez fait un si bon accueil, au point de mettre toute la maison à son service. Je n'ai pas perdu une minute : j'ai rapporté mon broc. Une fois la lampe allumée, j'ai choisi la marmite la plus grande de la cuisine et suis allée l'emplir d'huile. Puis je l'ai mise sur le feu. Quand elle a été bien bouillante, je l'ai versée en grande quantité dans chaque vase où se cachaient les voleurs. Ainsi les ai-je tous empêchés d'exécuter l'odieux projet qui les avait amenés jusqu'ici. Lorsque j'ai eu achevé ma mission, je suis revenue dans la cuisine où j'ai éteint la lampe.

– Mon Dieu, tu es une sainte ! Comment te remercier de nous avoir sauvé la vie ? s'écria Ali Baba.

– Laissez-moi terminer mon récit. Je n'ai pas voulu me coucher avant de savoir comment réagirait le faux marchand d'huile, poursuivit

Morgiane. Je me suis mise à la fenêtre. Au bout d'un moment, j'ai entendu l'homme jeter de sa chambre des petites pierres qui tombèrent sur les vases comme un signal. Il en a jeté une deuxième et une troisième fois. Aucun bruit, aucun mouvement. Très certainement inquiet de ce silence, il est descendu dans la cour. Là, je l'ai aperçu qui allait de vase en vase jusqu'au dernier. Mais la nuit est devenue de plus en plus noire au point que je l'ai perdu de vue. Je suis restée encore quelque temps ; et, comme il ne revenait pas, je me suis doutée qu'il s'était sauvé par le jardin, désespéré d'avoir échoué. Ainsi, persuadée que la maison était en sûreté, je me suis couchée.

– Mais dis-moi, Morgiane, interrogea Ali Baba, ébloui par le courage et la ruse de l'esclave, comment as-tu compris si vite que nous avions affaire à un faux marchand ?

– Mon histoire est terminée mais je pense qu'elle est liée à un détail étrange que j'ai remarqué, il y a deux ou trois jours. Je n'avais pas voulu vous en parler. En revenant de la ville, l'autre matin, j'ai aperçu sur notre porte d'entrée une marque blanche, et, le jour d'après, à côté de celle-ci une autre rouge. Sans savoir dans quel but cela pouvait avoir été fait, chaque fois j'ai reproduit le signe au même endroit, sur les portes voisines. Si vous ajoutez à cela ce qui vient d'arriver, vous trouverez que le tout a été manigancé par les voleurs de la forêt. Cela montre qu'ils avaient juré votre perte. Il est bon que vous vous teniez sur vos gardes, tant que nous n'avons pas retrouvé leur chef. Quant à moi, je veillerai avec soin à votre protection, comme l'exige mon devoir.

Quand le récit fut achevé, un lourd silence s'installa dans la chambre. Ali Baba était encore bouleversé par les exploits de cette femme modeste. Elle n'avait pas hésité à braver tous les dangers pour le protéger. Il lui devait une reconnaissance éternelle. Il reprit ses esprits et s'adressa à elle solennellement :

— Je ne mourrai pas sans t'avoir récompensée comme tu le mérites. Je te dois la vie. Et, pour commencer à te prouver ma reconnaissance, je te donne la liberté dès à présent, en attendant de t'offrir un petit pécule et une situation digne de toi en te mariant à un bon parti. Je suis persuadé comme toi que les quarante voleurs m'ont dressé ces embûches. Dieu m'a délivré par ton intermédiaire. J'espère qu'il continuera de me préserver de leur méchanceté et qu'en les éloignant de moi, il délivrera le monde de leur persécution et de leur engeance maudite. Ce que nous avons à faire en priorité, c'est d'enterrer au plus vite les corps de cette peste du genre humain, dans le plus grand secret afin de n'éveiller aucun soupçon. Je cours demander de l'aide à Abdallah.

Le jardin d'Ali Baba était très grand, ombragé par de nombreux palmiers. Sans tarder, il alla sous ces arbres avec son esclave creuser une fosse aussi longue que large pour y enterrer les trente-sept voleurs. Le terrain était aisé à remuer, et ils ne mirent pas longtemps à achever cette tâche ingrate. Ils tirèrent les corps hors des jarres et mirent de côté les armes dont les hommes s'étaient munis. Puis ils transportèrent les dépouilles au bout du jardin et les jetèrent dans la fosse. Après les avoir recouverts de terre, ils dispersèrent les mottes qui restaient de manière que le terrain parût égal comme auparavant. Enfin, Ali Baba cacha soigneusement les jarres à huile et les armes. Quant aux mulets, dont il n'avait pas besoin, il les envoya au marché en plusieurs fois où il les fit vendre par son esclave.

7
La dernière ruse de Morgiane

Pendant qu'Ali Baba prenait toutes les précautions nécessaires pour cacher à ses voisins par quel moyen il était devenu riche en si peu de temps, le capitaine des quarante voleurs était retourné dans la forêt, profondément mortifié. En proie à une grande agitation, ou plutôt à une grande confusion, il souffrait de cet échec si contraire à ce qu'il s'était promis. Il pénétra dans la grotte, sans avoir pu prendre aucune décision sur ce qu'il devait faire ou ne pas faire à Ali Baba.

La solitude où il se trouva dans cette sombre demeure lui parut affreuse.

– Braves gens, s'écria-t-il, compagnons de mes veilles, de mes courses et de mes projets, où êtes-vous ? Que puis-je faire sans vous ? Vous avais-je réunis et choisis pour vous voir périr tous à la fois par une destinée si fatale et si indigne de votre courage ? Je vous regretterais moins si vous étiez morts le sabre à la main, en hommes vaillants. Quand pourrai-je organiser une nouvelle troupe d'hommes de main de votre valeur ? Et comment protéger tout cet or et cet argent de la cupidité de celui qui m'en a déjà dérobé une partie ? Il faut, avant toute chose, que je me débarrasse de lui en le tuant. Ce que je n'ai pu accomplir avec vous, je le ferai tout seul ; et, quand j'aurai réussi à protéger ce trésor du pillage, je trouverai d'autres compagnons afin de le faire croître et prospérer.

Cette résolution prise, il imagina sans peine les moyens de l'exécuter. Alors, plein d'espérance et l'esprit tranquille, il s'endormit et passa la nuit assez paisiblement.

Le lendemain, le capitaine des voleurs, éveillé de bon matin comme il l'avait prévu, revêtit un habit fort convenable. Conformément au plan qu'il avait imaginé, il se rendit en ville où il prit un logement dans un khan[1].

Comme il était curieux de savoir si son aventure chez Ali Baba s'était ébruitée, il demanda au gardien, mine de rien, s'il y avait quelque chose de nouveau. Mais son interlocuteur parla de tout autre chose. Le brigand en conclut donc qu'Ali Baba avait une bonne raison de garder le secret : il ne voulait pas que l'on apprenne qu'il possédait un trésor ni comment il se l'était procuré. Et certainement qu'il se savait poursuivi pour cette rai-

---

1. Khan : caravansérail (vaste enclos entouré de bâtiments où font halte les caravanes).

son. Cela redonna de l'espoir au bandit qui se promit de ne rien négliger pour se débarrasser de lui en secret.

Le chef des brigands se procura un cheval dont il se servit pour transporter dans son logement de nombreux échantillons de riches étoffes et de toiles fines. Il multiplia les voyages dans la forêt en prenant les précautions indispensables pour cacher le lieu où il allait les chercher.

Quand il en eut amassé suffisamment, il chercha une boutique pour y débiter ces marchandises. Il en trouva une, la loua à son propriétaire, la décora et s'y établit. L'échoppe située vis-à-vis de la sienne était celle qui avait appartenu à Cassim. Elle était occupée, à présent, par le fils d'Ali Baba.

Le voleur, ayant pris soin de dissimuler son identité sous le nom de Cogia Houssain, ne manqua pas de rendre visite aux marchands, ses voisins. En effet, il respectait ainsi une coutume bien établie dans la ville qui obligeait chaque nouveau venu à se présenter.

Trois ou quatre jours après son installation, il reconnut son ennemi qui, souvent, passait un long moment dans l'échoppe mitoyenne. Après le départ d'Ali Baba, le faux marchand questionna son jeune voisin. Qui était donc cet homme ? Au cours de la conversation, le brigand apprit que c'était son père et se réjouit de cette nouvelle. Le traître multiplia ses gestes d'amitié envers le jeune homme, le flatta, lui offrit de petits présents, le régala même en l'invitant plusieurs fois à d'excellents dîners.

Le fils d'Ali Baba voulut rendre la pareille à son ami, Cogia Houssain. Mais il était logé étroitement et il n'avait pas les mêmes conditions que lui pour le recevoir comme il le souhaitait. Il parla de son projet à son père en lui assurant qu'il serait certainement très satisfait de rencontrer ce Cogia Houssain, un homme de bien. Ali Baba se chargea du dîner avec plaisir.

– Mon fils, dit-il, c'est demain vendredi, le jour où les marchands les plus riches, comme Cogia Houssain et comme toi, ferment leurs boutiques. Invite-le à aller se promener en ta compagnie, et, en revenant, fais en sorte de passer chez moi. Tu t'arrangeras alors pour qu'il entre chez nous. Je pense qu'il vaut mieux que la chose se fasse de la sorte plutôt que de l'inviter officiellement. Je vais ordonner à Morgiane de préparer le souper et de le tenir prêt.

Le vendredi, les deux commerçants se retrouvèrent l'après-midi au rendez-vous qu'ils s'étaient donné. Ils se promenèrent longtemps. Au retour, le fils d'Ali Baba s'arrangea pour faire passer

Cogia Houssain par la rue où demeurait son père. Quand ils furent arrivés devant la porte de la maison, il s'arrêta, et frappa un grand coup.

– C'est, lui confia-t-il, la maison de mon père, à qui j'ai longuement parlé de notre amitié. Il serait très honoré de vous rencontrer. Je vous suis tellement redevable ! Veuillez accepter cette invitation.

– Mais c'est moi qui suis votre obligé ! se récria le faux marchand, satisfait d'atteindre si facilement le but qu'il s'était proposé : s'introduire chez Ali Baba et lui ôter la vie, en toute discrétion, sans risquer la sienne.

Et il fit semblant de s'excuser et de prendre congé du fils. Mais, comme l'esclave d'Ali Baba venait d'ouvrir, le jeune homme le prit obligeamment par la main et, en entrant le premier, il le tira et le força, de cette manière, à le suivre comme malgré lui.

Le maître de maison reçut l'homme et l'accueillit chaleureusement. Il remercia le fourbe des bontés qu'il avait pour son enfant.

– Mon fils et moi, nous vous sommes d'autant plus reconnaissants que c'est un jeune garçon qui n'a pas encore l'usage du monde, et que vous ne ménagez pas votre peine pour l'aider à se former.

Cogia Houssain rendit compliment pour compliment à Ali Baba, en lui assurant que, si son fils n'avait pas encore acquis la sagesse de certains vieillards, il avait un bon sens qui lui tenait lieu d'expérience.

Après un bref échange sur divers sujets sans importance, Cogia Houssain voulut prendre congé. Ali Baba l'en empêcha.

– Seigneur, demanda-t-il, où voulez-vous aller ? Je vous prie de me faire l'honneur de souper avec moi. Le repas que je veux vous offrir est bien au-dessous de ce que vous méritez ; mais tel qu'il est, j'espère que vous l'apprécierez de bon cœur.

– Cher ami, répondit Cogia Houssain, je suis persuadé de votre générosité ; et, si je vous prie de me permettre de repousser votre invitation, ce n'est ni par mépris ni par incivilité, mais parce que j'ai une raison que vous approuveriez si vous la connaissiez.

– Et quelle peut-être cette raison ? s'étonna Ali Baba. Peut-on la connaître ?

– Je peux vous l'avouer, expliqua le faux marchand. C'est que je ne mange ni viande ni ragoût où il y ait du sel. Jugez vous-même de l'honneur que je ferais à votre table.

– Si vous n'avez que ce motif, insista Ali Baba, il ne doit pas me priver du plaisir de vous garder à souper, à moins que vous ne le vouliez pas. Premièrement, il n'y a pas de sel dans le pain que l'on mange chez moi : et, quant à la viande et aux ragoûts, je vous promets qu'il n'y en aura pas dans ce qui vous sera servi. Je vais en donner l'ordre. Ainsi faites-moi la grâce de rester, je reviens à vous dans un moment.

Ali Baba alla à la cuisine et pria Morgiane de ne pas mettre de sel sur la viande qu'elle servirait. Il lui demanda de préparer promptement deux ou trois ragoûts, en dehors de ceux qu'il lui avait commandés, où il n'y eût pas de sel.

Morgiane, qui était prête à servir, ne put s'empêcher de témoigner son mécontentement devant cette nouvelle exigence et de s'en expliquer à son maître.

– Qui est donc cet homme si difficile, qui ne mange pas de sel ? Votre souper sera gâché si je le sers plus tard.

– Ne te fâche pas, Morgiane, l'apaisa Ali Baba ; c'est un honnête homme. Fais ce que je te dis.

La servante obéit, mais à contrecœur. Elle eut la curiosité d'entrevoir cet invité qui ne mangeait pas de sel.

Quand elle eut achevé les préparatifs du dîner et qu'Abdallah eut mis la table, elle l'aida à porter les plats. En regardant Cogia Houssain, elle reconnut le capitaine des voleurs malgré son déguisement.

En l'examinant avec attention, elle s'aperçut qu'il avait un poignard caché sous son habit.

« Je ne m'étonne plus, pensa-t-elle, que le scélérat ne veuille pas manger de sel avec mon maître ; c'est son plus grand ennemi, il veut l'assassiner. Mais je l'en empêcherai. »

Quand tous les plats furent servis, l'ingénieuse prit le temps, pendant que l'on soupait, de mettre au point tous les détails d'un plan d'attaque des plus hardis.

Elle finissait quand on vint l'avertir qu'il fallait présenter les fruits. Elle porta le dessert qu'elle servit dès que la table fut débarrassée. Puis elle plaça près d'Ali Baba une petite desserte, sur laquelle elle disposa la carafe de vin avec trois tasses. En sortant, elle emmena Abdallah avec elle, comme pour aller souper ensemble. Ali Baba, selon la coutume, pouvait librement, toute la soirée, s'entretenir avec son hôte et se réjouir agréablement en sa compagnie tout en lui servant à boire.

Alors, le faux Cogia Houssain, ou plutôt le capitaine des quarante voleurs, crut que l'occasion favorable pour ôter la vie du bûcheron était venue.

« J'enivrerai, pensa-t-il, le père et le fils ; et le fils, à qui je veux bien laisser la vie, ne m'empêchera pas d'enfoncer le poignard dans le cœur du père. Je me sauverai par le jardin, comme je l'ai déjà fait, pendant que la cuisinière et l'esclave n'auront pas encore terminé de souper ou seront endormis dans la cuisine. »

Au lieu de dîner, Morgiane, qui avait deviné l'intention du prétendu marchand, ne lui donna pas le temps de mettre à exécution son plan diabolique. Elle revêtit une tenue de danseuse fort élégante, se coiffa joliment et se ceignit d'une ceinture d'argent doré. Elle y attacha un poignard dont la gaine et le manche étaient de même métal. Elle s'appliqua un fort beau masque sur le visage. Enfin, déguisée de la sorte, elle dit à l'esclave :

– Abdallah, prends ton tambour de basque pour offrir à l'hôte de notre maître et ami de son fils le divertissement que nous lui présentons quelquefois.

Abdallah prend l'instrument de musique, commence à en jouer et, avançant, devant Morgiane, il entre dans la salle. La danseuse qui le suit, s'arrête au milieu du salon, exécute une belle révérence, comme pour demander la permission de montrer ce qu'elle sait faire. Chacun se tait, et tous les regards se portent sur ce charmant spectacle.

Quand Abdallah s'aperçut qu'Ali Baba voulait parler, il cessa de battre le tambour.

– Entre, Morgiane, entre, dit ce dernier. Mon invité jugera de quoi tu es capable. Il nous dira ce qu'il en pense. Seigneur, ajouta-t-il pour son hôte, ne croyez pas que je me mette en frais pour vous donner ce divertissement. Vous voyez : il s'agit de mon esclave qui possède de nombreux talents. Elle danse aussi bien qu'elle cuisine. Elle s'occupe également de la maison : une vrai fée du logis ! J'espère que vous trouverez le moment agréable.

Cogia Houssain ne s'attendait pas à ce que le maître de maison l'invite à prolonger le dîner par ce spectacle. Cela lui fit craindre de ne pas pouvoir profiter de l'occasion qu'il croyait avoir trouvée. Si c'était le cas, il attendrait un moment plus favorable tout en continuant d'entretenir son amitié avec le père et le fils. Ainsi, même si ce cadeau bousculait ses plans, le fourbe fit néanmoins semblant d'être honoré. Le faux marchand eut la politesse de témoigner à son hôte que ce qui lui faisait plaisir ne pourrait pas manquer de le réjouir lui-même.

Aussitôt qu'Ali Baba et Cogia Houssain se turent, Abdallah recommença à jouer de son instrument et à chanter un air qui invitait à danser. Morgiane, comme une danseuse professionnelle, dansa de manière à être admirée. Tous les regards se fixèrent sur ce magnifique tableau. Seul l'invité y accordait peu d'attention…

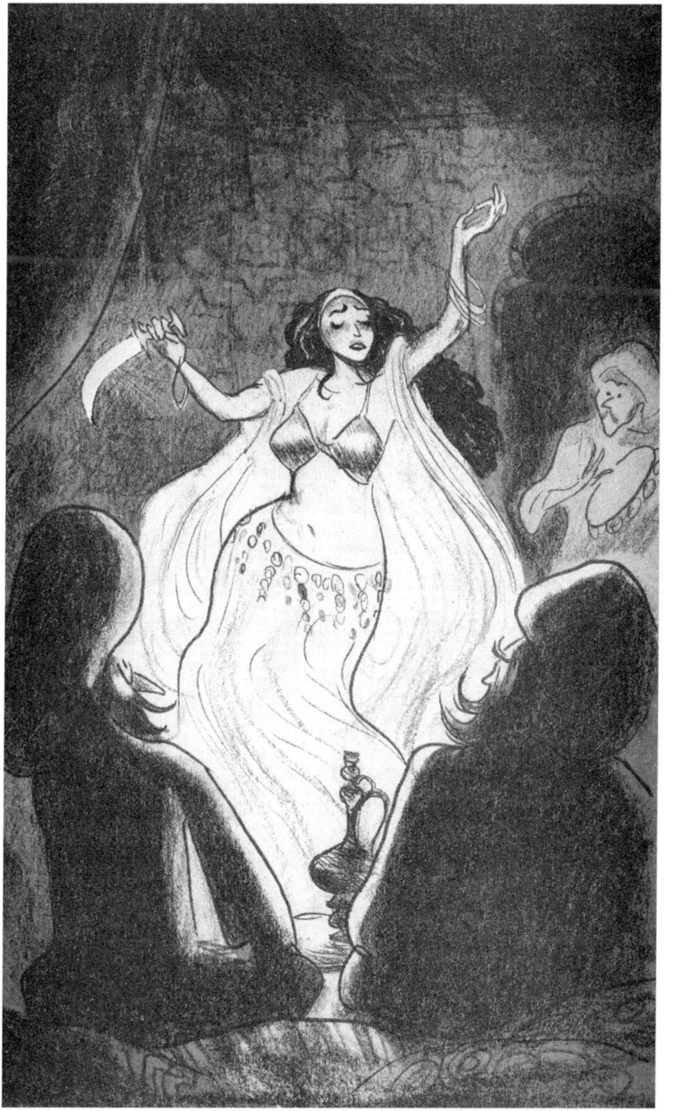

Après avoir exécuté plusieurs pas sur un rythme endiablé, pour le plus grand plaisir des yeux de ses admirateurs, Morgiane tira enfin le poignard. Le tenant à la main, elle entama un numéro dans lequel elle se surpassa par des figures différentes, des mouvements légers, des sauts surprenants et des effets merveilleux. Tantôt elle brandissait le poignard en avant, comme pour frapper, tantôt elle faisait mine de s'en frapper elle-même le sein.

Comme hors d'haleine enfin, elle arracha le tambour de basque des mains d'Abdallah et, le tenant à l'envers, elle le présenta à Ali Baba comme pour solliciter sa générosité.

Ali Baba jeta la première pièce d'or qui rebondit sur la peau de bête de l'instrument. Morgiane s'adressa alors au fils d'Ali Baba, qui suivit l'exemple de son père. Cogia Houssain, prévoyant qu'elle allait s'adresser également à lui, avait déjà sorti la bourse de sa poche pour lui faire son présent.

Il y mettait la main quand Morgiane, avec un courage digne de la fermeté et de la résolution qu'elle avait montrées jusqu'alors, lui enfonça le poignard en plein cœur, si profondément qu'elle ne le retira qu'après l'avoir tué.

Ali Baba et son fils, épouvantés par cette action, poussèrent un grand cri.

– Ah ! malheureuse, s'écria Ali Baba, qu'as-tu fait ? Est-ce pour nous perdre, moi et ma famille ?

– Au contraire, répondit Morgiane, je l'ai fait pour vous protéger.

Alors, en ouvrant la robe de Cogia Houssain, elle leur montra le sabre dont il était armé.

– Voyez, dit-elle, à quel terrible ennemi vous aviez affaire, et regardez bien son visage : vous y reconnaîtrez le faux marchand d'huile et le capitaine des quarante voleurs. Pourquoi n'avez-vous pas réagi lorsqu'il n'a pas voulu manger de sel avec vous ? Vous en fallait-il davantage pour deviner sa traîtrise ? Cette exigence étrange de votre convive a éveillé mon attention avant même de le voir. Convenez avec moi que mon soupçon n'était pas mal fondé.

Ali Baba manifesta à nouveau toute sa reconnaissance. La servante dévouée lui avait sauvé la vie une seconde fois. Il l'embrassa.

– Morgiane, déclara-t-il, ému, lorsque je t'ai donné la liberté, je t'avais promis alors que ma gratitude n'en demeurerait pas là. Je m'étais engagé et t'avais assuré d'un beau mariage et d'une riche dot. Ce temps est venu, et tu seras ma belle-fille.

Et, en s'adressant à son fils :

– Mon enfant, ajouta Ali Baba, je te crois assez sage et dévoué pour ne pas trouver étrange que je te donne Morgiane pour femme sans te consulter. Tu lui dois autant de remerciements que moi. Je pense que tu réalises avec effroi comme moi que Cogia Houssain, ce traître, avait recherché ton amitié dans le seul but de réussir à me tuer. S'il avait exécuté ses plans, tu peux être certain que ce bandit t'aurait sacrifié aussi à sa vengeance. Considère enfin qu'en épousant Morgiane, tu épouses le soutien de notre famille tant que je vivrai, et l'appui de la tienne jusqu'à la fin de tes jours.

Le fils, bien loin de témoigner un quelconque mécontentement, assura qu'il consentait à ce mariage, non seulement parce qu'il ne voulait pas désobéir à son père, mais aussi parce qu'il y était porté par sa propre inclination.

8
Le bonheur d'Ali Baba

On songea ensuite, chez Ali Baba, à enterrer le corps du capitaine auprès de ceux des trente-sept voleurs. Cela se fit si discrètement qu'on ne l'apprit qu'après de longues années, lorsque plus personne ne s'intéressa à cette histoire mémorable.

Peu de jours après, Ali Baba célébra solennellement les noces de son fils et de Morgiane. On offrit un festin somptueux. Toute la nuit, on dansa. On participa joyeusement à des spectacles et à des divertissements traditionnels. Les amis et les voisins, qui avaient été invités sans connaître les vraies raisons du mariage, félicitèrent l'heureux père de famille. Tous connaissaient, selon la rumeur publique, les nombreuses qualités de la servante dévouée. Ils louèrent Ali Baba, vantèrent sa générosité et son bon cœur.

Après le mariage, le brave homme s'abstint de retourner à la grotte. Depuis qu'il en avait tiré et rapporté le corps de son frère Cassim sur un de ses trois ânes, avec l'or dont il les avait chargés, il avait craint d'y revenir de peur d'y trouver des voleurs ou d'y être surpris. Après la mort des trente-huit brigands, y compris leur capitaine, il avait continué de s'interdire d'y aller, supposant que les deux autres, dont le destin ne lui était pas connu, étaient encore vivants.

Mais au bout d'un an, il remarqua que personne ne s'était manifesté. Son inquiétude s'estompa pour laisser place à la curiosité.

Il décida d'entreprendre le voyage, en prenant les précautions nécessaires pour sa sécurité. Il monta à cheval et s'enfonça dans la forêt. Quand il atteignit l'entrée de la grotte, il se sentit rassuré, n'apercevant aucune trace d'hommes ou de chevaux. Il mit pied à terre. Il attacha sa monture et, en se présentant devant la porte, il prononça ces paroles : « Sésame, ouvre-toi ! », qu'il n'avait pas oubliées.

Le panneau pivota sans aucune difficulté. Il entra. En voyant l'état dans lequel se trouvait l'intérieur de la grotte, il en conclut que personne n'y avait pénétré depuis que le faux Cogia Houssain était venu louer une boutique dans la ville. Depuis ce temps-là, la compagnie des quarante voleurs s'était entièrement dispersée ou avait été exterminée. Il ne douta plus : désormais il était seul au monde à détenir le secret. Lui seul possédait l'immense pouvoir d'entrer dans la caverne. Le trésor qu'elle enfermait était à l'avenir à son entière disposition. Il n'avait pas oublié de se munir d'une malle et la remplit d'autant d'or que son cheval en put porter. Puis il revint en ville.

Plus tard, Ali Baba mena son fils, à la grotte. Il lui enseigna la formule magique pour y entrer. Ainsi se transmit de génération en génération le secret de la caverne d'Ali Baba.

Leurs descendants, alors, profitèrent de leur fortune avec la même modération et vécurent heureux, riches, connus et respectés de tous.

Carnet de lecture

Qui a écrit
Ali Baba et les quarante voleurs ?

Fascinant Orient...

Au XVIIIe siècle, Antoine Galland, diplomate français, savant maîtrisant l'arabe, le persan et le turc, est fasciné par l'Orient. Comme un passeur de contes, il traduit des récits arabes provenant de sources différentes en les adaptant aux goûts littéraires de son époque. En 1709, chez un de ses amis, grand voyageur, il rencontre un prêtre syrien qui lui raconte les histoires d'*Ali Baba et les quarante voleurs* et d'*Aladin ou la Lampe merveilleuse*.

Antoine Galland décide de les intégrer à un manuscrit plus complet qu'il est en train de traduire, apportant ainsi sa contribution personnelle à un ensemble de contes, de légendes et de récits qu'il publie sous le titre *Les Mille et Une Nuits*. Le succès est immédiat et se propage en Europe auprès des lecteurs qui se passionnent pour le pittoresque et l'étrangeté de ces voyages dans des pays lointains.

C'est donc le hasard d'une rencontre entre deux hommes qui est à l'origine de la célébrité du conte d'*Ali Baba et les quarante voleurs*. Son destin est désormais lié à celui des *Mille et Une Nuits* dont il est certainement aujourd'hui l'un des récits les plus emblématiques.

Les Mille et Une Nuits, des contes voyageurs

Que sait-on des origines de ces quelque cent soixante-seize histoires, auxquelles a été ajoutée tardivement celle d'*Ali Baba* ? Ces récits, nés en Inde, ont certainement été transmis en Perse, oralement, par des conteurs anonymes. C'est dans cette région, l'actuel Iran, que l'on trouve les premières traces écrites d'un ouvrage dont le titre de *Hézar afsâné* peut se traduire en français par « Mille contes » et en arabe par *Alf khurâfa* (« Mille récits extraordinaires ») puis *Alf layla wa-layla* (« Mille et Une Nuits »).

À cette époque, à partir du VIIIe siècle, les caravaniers sillonnent la route de la soie de Perse jusqu'en Chine. Ils aiment, pendant leurs haltes, écouter ces légendes qui permettent de rompre la monotonie de leurs voyages. Tout en les diffusant dans le monde arabe, ils contribuent à les embellir, les modifiant et les adaptant à la culture et à la religion musulmanes.

Pendant ce temps, dans les palais d'Orient, certains troubadours reprennent à leur compte ces récits pour divertir les rois et leurs cours pendant que d'autres racontent, sur les places des villes, ces mêmes contes qui émerveillent un public populaire.

Au long des siècles, les récits des *Mille et Une Nuits* vont ainsi peu à peu prendre la forme que nous leur connaissons aujourd'hui.

Shéhérazade, l'infatigable conteuse

L'évolution et l'enrichissement des *Mille et Une Nuits* ont été rendus possibles par la présence d'un conte qui permet à tous les autres de s'insérer dans le recueil.

Le sultan Shâhriyâr se venge de la trahison de sa femme en exécutant tous les jours une jeune mariée. Chaque soir, le tyran épouse une jeune fille et la condamne à mort le lendemain de ses noces. Toutes les familles tremblent dans le royaume, mais la courageuse Shéhérazade est bien décidée à sauver ses semblables du sort cruel que le sultan leur réserve. Lorsque Shéhérazade demande à son père, le vizir, d'être présentée au sultan, elle a imaginé une ruse : elle propose au roi de lui conter une histoire avant de dormir. Shâhriyâr accepte et tombe dans le piège : quand l'aube paraît, la conteuse de talent s'interrompt. Le sultan n'a pas d'autre choix que de la laisser en vie pour qu'elle lui raconte, le soir venu, la fin du conte qu'il attend avec grande impatience.

Pendant mille et une nuits, Shéhérazade enchante le roi, excite sa curiosité, entretient le suspense par des récits merveilleux qui détournent Shâhriyâr de son cruel projet. Enfin, renonçant à la terrible sanction prise contre les jeunes filles du royaume, le roi épouse la fille du vizir qui, durant ces mille et une nuits, lui a donné trois enfants.

Un conte oriental

Ce monde imaginaire qui nous parle des hommes...

Les contes sont des œuvres brèves, des histoires merveilleuses qui, souvent, ont été racontées oralement de génération en génération. Par écrit, leur transmission a été assurée par de nombreux auteurs, anonymes ou pas, qui les ont collectées. Quelles que soient leurs origines historiques ou géographiques, les contes ont en commun des types de personnages, des thèmes ou des morales qui nous rappellent leur principale source d'inspiration : le vécu des hommes. Idéalisé, transposé dans un monde où tout est possible, le destin de ces êtres imaginaires transporte l'auditoire, le temps d'une veillée, d'une lecture, dans un espace féerique, fabuleux.

Cependant, le conte doit respecter des règles et des contraintes strictes qui permettent de le reconnaître immédiatement. Le narrateur commence souvent le récit par une formule magique, véritable clé de sol du genre. Puis vient la présentation du futur héros. Son portrait est toujours bref, soulignant seulement les traits généraux de son caractère qui seront essentiels pour la suite.

C'est ainsi que le personnage principal dans la situation initiale du conte d'*Ali Baba et les quarante voleurs* est à peine esquissé. Le maigre héritage que le bûcheron a dû partager avec son frère ne le nourrit pas. L'image du futur héros se construit en opposition à celle de son frère : tous les deux mariés vivent dans deux univers sociaux différents, l'un très pauvre, l'autre très riche.

Seules de vagues indications de temps et de lieu nous transportent dans un monde imaginaire, où bientôt des cavaliers peu rassurants vont effrayer le pauvre homme, obligé de se cacher dans les branchages d'un arbre. Inquiet sur le sort d'Ali Baba, le lecteur est prêt à l'accompagner dans ses aventures, et découvre par les yeux du héros le trésor bien caché au fond d'une grotte. La magie du mélange de fascination et de peur que nous éprouvons s'opère. Alors qu'on s'attendait au pire, un trésor surgit soudain devant Ali Baba qui en reste médusé. Ayant découvert par hasard la clé de ce monde merveilleux, le bûcheron voit sa vie transformée par cette immense richesse.

Le récit peut alors progresser au gré des péripéties. Ali Baba n'est pas au bout de ses peines. Face à lui, un frère jaloux, une belle-sœur envieuse et une épouse indiscrète ! Notre héros se trouve seul dans un monde qui lui est hostile. La mort de son frère Cassim résonne comme un écho funeste : Ali Baba risque sa vie, lui aussi. La rencontre avec Morgiane, l'esclave de son frère, change la donne et relance le suspense. Désormais, la servante dévouée veille sur Ali Baba. Discrète, mais femme de caractère, réussira-t-elle à l'aider à accomplir sa destinée ? Le chemin est parsemé d'épreuves à surmonter et de prouesses à accomplir. Chacun y trouvera sa récompense. L'esclave, après avoir recouvré sa liberté, accède au bonheur du mariage. Quant à Ali Baba, devenu un notable de la ville, il pense à transmettre à ses héritiers, en bon père de famille prévoyant, richesse et sagesse. C'est en effet sur l'expression d'une morale individuelle et collective que se termine ce conte merveilleux.

Un héros venu d'Orient...
Nous savons peu de choses d'Ali Baba ; et pourtant chacun d'entre nous serait capable de se le représenter : un turban sur la tête, des moustaches, un costume oriental, l'air aimable et honnête.

Que sait-on de lui ? Cet homme est pauvre, marié à une femme aussi modeste que lui. Pour nourrir sa famille, il vend le bois qu'il coupe au marché de la ville et a pour voisin son frère, enrichi par un mariage avec une veuve fortunée. Jusque-là, rien ne le différencie d'un personnage comme il en existe dans nos contes européens. Mais au cours des épreuves qu'il traverse, le héros va se transformer peu à peu en un personnage typiquement oriental.

Ali Baba enterre son frère, se marie à sa belle-sœur selon les traditions musulmanes, puis se rend au hammam avant de commencer sa journée. Il respecte les coutumes d'hospitalité, comme doit le faire un bourgeois oriental, offrant à son invité un dîner durant lequel Morgiane exécute la danse au sabre. Enfin, les quarante voleurs qui font du brigandage sur les routes ne sont pas sans rappeler les razzias dont étaient victimes les populations locales à cette époque.

... nous délivre une leçon de sagesse
Ce héros venu d'Orient qui nous fascine n'est pas si différent de nous dans ses réactions. Lorsqu'il découvre le manège des quarante brigands, il se cache et craint d'être repéré. Mais, malgré sa peur, il cède à la tentation de s'emparer de ces richesses. Il fait preuve de patience et d'observation pour atteindre son objectif. Il ne se pose pas la question de savoir s'il est honnête de faire main basse sur des choses volées ; mais sa prudence le pousse à ne prélever qu'une partie du trésor. Après avoir tenté de se protéger de ses voisins envieux, il n'hésite pas à confier son secret à un frère qui, pourtant, menace de le dénoncer à la justice.

Ali Baba est un personnage auquel le lecteur peut facilement s'identifier. Pauvre, il aspire à s'enrichir, mais juste assez pour assurer confort et bien-être à sa famille, car il est aussi bon père de famille. Musulman, il aide son prochain, épouse la veuve, libère l'esclave attachée au clan et fait d'elle la femme de son propre fils qui deviendra son héritier. Cet homme d'une extrême sagesse agit avec précaution. Le conte, à travers ce personnage, délivre une morale : celle de la raison à garder face à une richesse imprévue, celle de la prudence à observer pour lutter contre la cupidité. La transmission de ces valeurs aux générations futures est même formulée en guise de conclusion.

La société médiévale révélée par le conte

Au cœur de la ville

En suivant les allées et venues des personnages dans le conte d'*Ali Baba et les quarante voleurs*, le lecteur découvre l'organisation de l'espace urbain des villes orientales du Moyen Âge : la mosquée, les souks et le hammam en sont les principaux repères. Même s'il n'est pas question de palais dans la ville d'Ali Baba, on peut noter que les quarante voleurs entrent et sortent de la ville comme s'ils franchissaient des remparts. Leur point de ralliement est une grande place centrale à partir de laquelle on peut imaginer des ruelles traversant des quartiers de petites maisons semblables à celle d'Ali Baba. On devine également une architecture commune à toutes ces habitations : au centre une cour autour de laquelle s'agencent des chambres et une cuisine.

La mosquée, autre lieu incontournable, fréquentée par les fidèles aux heures de prière, est évoquée dans le conte lorsqu'il s'agit d'enterrer Cassim selon les traditions religieuses. Morgiane s'y rend pour informer l'imam. Ce dernier, comme le veut la coutume, se déplace pour veiller le mort et prier avant de l'accompagner au cimetière, situé en général à la sortie de la ville.

Pour se laver, les hommes et les femmes se rendent aux bains publics, ou « hammam », qui correspondent aux thermes romains. C'est aussi un lieu de rencontres car les rituels du bain marquent souvent le début des grandes fêtes religieuses. L'endroit est composé de plusieurs chambres plus ou moins chaudes. Certaines heures d'ouverture sont réservées aux femmes, d'autres aux hommes. Ainsi, Ali Baba, après le dîner avec le marchand d'huile, demande à sa servante de lui préparer ses affaires pour « se rendre aux bains » le lendemain, et Morgiane attend son retour pour le tenir au courant des événements extraordinaires de la nuit.

D'autres lieux comme le souk, ensemble de ruelles où les marchands et les artisans sont regroupés par spécialité, sont évoqués lorsqu'il est question de l'échoppe du savetier, ou des boutiques de Cassim et de Cogia Houssain, le faux marchand.

Enfin, désireux de connaître les dernières nouvelles, le chef des brigands se rend au khan, le caravansérail : vaste bâtiment situé en général à l'entrée de la ville où les caravanes s'arrêtent pour se reposer.

Les relations sociales

La réalité historique du Moyen Âge oriental se lit aussi au travers des liens qui unissent les personnages entre eux. Les détails physiques ou psychologiques les concernant dans le conte sont peu nombreux : le lecteur ne connaît rien de leur passé, par exemple. Pourtant, leur fonction sociale, elle, est systématiquement signalée. Le conte d'*Ali Baba* est le miroir de la société urbaine en plein essor qui voit se développer les métiers de l'artisanat, comme ceux de savetier, menuisier, apothicaire (pharmacien) et marchands de toutes sortes. À l'abri entre les murs de la cité, les habitants vaquent paisiblement à leurs occupations, tandis que l'extérieur (les forêts, les étendues désertiques, les grottes) paraît livré au brigandage. Seul le métier de bûcheron fait le lien entre la ville et la campagne.

Dans le conte d'*Ali Baba*, point de palais. La société des marchands est dynamique, ceux-ci vivant dans une aisance matérielle signalée par la présence des esclaves. Lorsque le bûcheron épouse sa belle-sœur, il change de maison. Les deux femmes d'Ali Baba, présentes au début du récit sans jamais être désignées par leurs prénoms, vont désormais s'effacer pour laisser place à Morgiane. De même le nouveau chef du clan est-il servi à table par un esclave qui l'accompagne également au hammam. Lorsque Morgiane sauve Ali Baba une première fois, il lui rend sa liberté. À la fin du récit, considérant qu'elle l'a sauvé une deuxième fois, il lui propose de devenir sa bru, l'intégrant ainsi dans la famille et faisant d'elle l'épouse d'un boutiquier. En accédant au bonheur et à la richesse, Morgiane a un destin qui se rapproche de celui d'Ali Baba, le bûcheron devenu marchand aisé. Dans cette société de commerçants, l'argent est une valeur fondamentale qui nourrit la morale du conte. Chacun, quel que soit son statut social, peut espérer, grâce à ses qualités, connaître le bonheur fondé sur le bien-être matériel.

Enfin, le conte esquisse un portrait nuancé de la place occupée par la femme dans la société musulmane de cette époque. Elle est la maîtresse de maison au sens fort du terme. Loin d'être effacée, elle décide de ses propres faits et gestes et convainc son mari d'agir selon ses envies. C'est le cas de la femme d'Ali Baba qui va emprunter une mesure pour compter ses richesses, contre l'avis de son époux, au risque d'être indiscrète. Quant à l'épouse de Cassim, n'est-ce pas elle qui, par sa jalousie, envoie son mari dans cette caverne où il trouvera la mort ? Remarquons au passage le portrait caricatural qui est dressé de la femme bavarde, stupide et cupide. Morgiane, la seule qui ait un prénom, est différente : célibataire, intelligente et discrète, elle sauve son maître avec un sang-froid digne d'une héroïne. Elle représente donc l'image d'une femme idéalisée ou rêvée.

Les coutumes et les mœurs

Le conte d'*Ali Baba* inscrit les personnages dans un quotidien respectueux des règles de vie imposées par la religion musulmane. Ainsi le lecteur peut-il être surpris, voire amusé, d'entendre Ali Baba proposer à sa belle-sœur de l'épouser pour la consoler alors qu'elle vient juste de perdre son mari. Mais son étonnement est encore plus grand lorsque la veuve accepte immédiatement en séchant ses larmes ! La proposition est banale dans un contexte musulman. La tradition, en effet, recommande de prendre en charge la veuve et les orphelins et tolère la polygamie sous certaines conditions. L'homme est autorisé à prendre quatre épouses à condition de n'en léser aucune et de subvenir équitablement à leurs besoins. Dans notre histoire, le conteur ne peut d'ailleurs s'empêcher de souligner que la femme de Cassim se console assez vite en pensant que ce nouveau mariage l'enrichira encore davantage…

Une autre scène décrit le rituel des enterrements en terre musulmane. Lorsque Morgiane a réussi par la ruse à informer tous les voisins de la mort prétendument naturelle de son maître, elle se précipite à la mosquée pour organiser les obsèques. Même si elle décline l'offre des pleureuses, chargées de laver le corps du défunt aussitôt la mort constatée, le rituel est mentionné dans le récit comme pour rendre plus vraisemblable encore la cérémonie. Puis l'imam, le guide religieux qui dirige la prière, se rend en personne au domicile de Cassim pour lire les sourates du Coran consacrées au mort. Le cercueil est alors chargé sur les épaules de quelques voisins et un cortège d'hommes se rend au cimetière pendant que les femmes restent à la maison. Seule Morgiane accompagne les hommes.

Enfin, le conteur s'attarde sur l'hospitalité d'Ali Baba qui est relatée comme un geste ordinaire. En effet, le faux marchand d'huile ne doute pas une seule seconde de la réaction de son hôte lorsqu'il ira frapper à sa porte pour lui demander d'être hébergé avec ses bêtes pour la nuit. Plus tard, Morgiane sera intriguée par le refus de leur invité de se plier à la coutume de partager le sel, denrée rare et chère à cette époque-là. « C'est que je ne mange ni viande ni ragoût où il y ait du sel. » Derrière ces paroles anodines, le bandit, loin de signifier une contrainte due à un quelconque régime, manifeste sa haine pour son ennemi. Encore une fois, ce naïf d'Ali Baba aurait dû se méfier !

La magie du conte

La parole magique

Qui ne connaît aujourd'hui la formule magique « Sésame, ouvre-toi » ? Le sésame désigne la graine d'une plante originaire de l'Inde et, par allusion au conte d'*Ali Baba*, un sésame signifie aussi aujourd'hui le moyen d'obtenir quelque chose qui est difficilement accessible. La formule magique est répétée très souvent dans la première partie du conte. Elle est devenue au moins aussi célèbre que le personnage d'Ali Baba auquel elle est associée. C'est donc le pouvoir de ces mots qui est en jeu.

Comme dans d'autres contes des *Mille et Une Nuits*, la parole permet à celui qui la maîtrise de rester en vie. Le sort tragique de Cassim, dû à l'oubli d'un seul mot de la formule magique, nous rappelle les risques pris par Shéhérazade lorsqu'elle raconte ses récits au roi. Elle aussi met sa vie en danger pendant mille et une nuits. C'est l'art de raconter qui la sauve de la mort, ainsi que toutes les femmes du royaume.

Enfin, la simple prononciation de « Sésame, ouvre-toi » installe le lecteur comme le personnage en position de spectateur et d'acteur face à un événement merveilleux. Plus question d'oublier ces trois mots, véritable clé d'entrée dans un monde imaginaire. La musicalité et le mystère dissimulés derrière la formule magique nous rappellent d'autres formules aussi célèbres comme : « Tire la chevillette et la bobinette cherra » dans *Le Petit Chaperon rouge* de Perrault.

La magie des mots fait naître à la fois l'enchantement et l'appréhension pour celui qui osera ouvrir la porte afin de pénétrer avec le héros dans un lieu interdit.

La ruse d'une femme

Mais Ali Baba est-il le vrai héros de cette histoire ? C'est la rencontre avec Morgiane qui lui donne la force d'affronter des péripéties et de vaincre les obstacles qui vont se présenter à lui.

Morgiane est présentée par le conteur comme « une esclave adroite, rusée, et habile. Très vive, elle était douée pour réussir les tâches les plus difficiles ». C'est elle qui fait prendre conscience à son maître des dangers qui l'entourent. C'est elle qui, telle une magicienne, s'arrange pour faire recoudre le corps du mort afin de dissimuler la découverte du trésor.

Puis elle devient un véritable personnage de récit policier : elle mène l'enquête, recueille les indices du passage des voleurs dans le quartier, brouille les pistes pour les berner, surveille le manège du faux marchand d'huile avant de le démasquer… Son habileté à déjouer les pièges tendus, son art de la ruse (qualité reconnue comme essentielle dans la littérature arabe) font d'elle une véritable héroïne. Grâce à ses feintes, elle révèle au grand jour les véritables desseins des ennemis d'Ali Baba et fait rebondir le récit de péripétie en péripétie.

Héros malgré lui

Le titre original du conte, *Histoire d'Ali Baba et de quarante voleurs exterminés par une esclave*, montre la place essentielle qu'y occupe Morgiane. En comparaison, Ali Baba paraît bien naïf et trop gentil. Il ne se méfie pas de son frère jaloux à qui il révèle la formule magique. Il ne voit pas les marques laissées sur sa maison. Il ne se rend même pas compte qu'il a ouvert sa porte aux trente-huit voleurs. Seule Morgiane est capable de lui ouvrir les yeux. Mais, chaque fois, le maître reconnaît la supériorité de son esclave. Il lui montre même sa reconnaissance en lui rendant sa liberté.

Et quand il comprend pourquoi elle a tué son invité, le perfide Cogia Houssain, il la remercie en lui donnant son propre fils en mariage.

Ainsi Ali Baba devient-il un héros malgré lui. Il triomphe de tous les obstacles mais son double féminin, l'esclave affranchie, accède du même coup au bonheur et à la richesse. C'est elle la vraie révélation du conte. Ce qu'il nous apprend, finalement, c'est que le destin sourit à ceux qui, comme la servante, sont capable d'allier l'intelligence au dévouement.

Table des matières

1. « Sésame, ouvre-toi ! », *7*
2. Le trésor d'Ali Baba, *15*
3. L'oubli fatal, *21*
4. Morgiane la rusée, *25*
5. Des voleurs bernés, *37*
6. Drôles de jarres, *51*
7. La dernière ruse de Morgiane, *67*
8. Le bonheur d'Ali Baba, *81*

Carnet de lecture, 85

Retrouvez
d'autres textes classiques

dans la collection

FOLIO ★ JUNIOR
TEXTES CLASSIQUES

Histoire d'Aladin ou la lampe merveilleuse

Anonyme

n° 77

Aladin, le fils du tailleur, n'en croit pas ses oreilles : un mystérieux oncle revenu d'Afrique lui offre de devenir marchand d'étoffes. En échange, Aladin devra s'aventurer dans les profondeurs d'un souterrain pour lui en rapporter une lampe magique. Mais rien ne se passe comme prévu. Prisonnier sous la terre, Aladin parviendra-t-il à maîtriser les pouvoirs de la lampe ?

Un des contes les plus célèbres et les plus envoûtants des *Mille et Une Nuits*.

Contes choisis

Charles Perrault

n° 443

« Hélas ! mes pauvres enfants, où êtes-vous venus ? Savez-vous bien que c'est ici la maison d'un Ogre qui mange les petits enfants ? »

Cruels et drôles, les contes de Perrault nous parlent des dangers qui guettent petits et grands sur le chemin de la vie. Comment échapper au loup ? Les fées décident-elles seules ? Le courage et l'ingéniosité suffisent-ils pour atteindre le bonheur ?

Sindbâd de la mer
Anonyme
n° 516

« Sache que j'ai derrière moi une histoire merveilleuse : j'ai fait sept voyages aussi extraordinaires et stupéfiants les uns que les autres… »
Sindbâd, riche commerçant de Bagdad, a tout pour être heureux. Quelle folie le pousse à tout quitter pour prendre la mer ? Île-baleine, oiseau géant, cannibales : d'innombrables dangers l'attendent sur la route de l'aventure…

Contes choisis
Hans Christian Andersen
n° 686

« Je donnerais les trois cents années que j'ai à vivre pour être personne humaine un seul jour. »
Une sirène prête aux plus grands sacrifices pour vivre parmi les hommes, un soldat de plomb amoureux d'une danseuse de papier, un sapin qui voudrait voyager… Les héros des contes d'Andersen portent tous en eux le même rêve : trouver leur place dans le monde et être aimés. Mais le courage et l'obstination peuvent-ils triompher des lois du destin ?

Le vaillant petit tailleur et autres contes

Grimm

n° 1570

Un petit tailleur qui affronte des géants, deux enfants tombés dans les griffes d'une sorcière, une princesse empoisonnée… Dans le monde impitoyable des frères Grimm, rien ne semble pouvoir triompher de la convoitise et de la cruauté. Mais quand les héros font preuve d'ingéniosité et de courage, même les contes les plus sombres peuvent bien se terminer !

Le papier de cet ouvrage est composé de fibres naturelles, renouvelables, recyclables et fabriquées à partir de bois provenant de forêts plantées et cultivées expressément pour la fabrication de la pâte à papier.

Mise en pages : Didier Gatepaille

Loi n° 49-956 du 16 juillet 1949
sur les publications destinées à la jeunesse
ISBN : 978-2-07-064509-1
Numéro d'édition : 596874
1er dépôt légal : mars 2012
Dépôt légal : avril 2023

Imprimé en Espagne par Novoprint (Barcelone)